宛如走路的速度

我的日常、創作與世界

是枝裕和

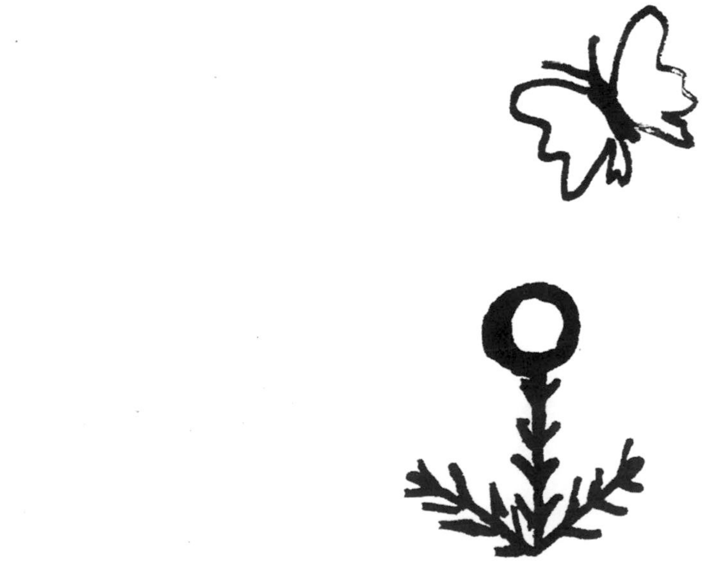

昔我往矣，楊柳青青

藍祖蔚（影評人）

看見書名，看見作者之名，卻沒有會心一笑，想當是枝裕和的粉絲，你還要多看他的電影。

是的，是枝裕和是最會拍走路戲的導演，也最能從走路中拍出人生韻味的導演。以真理教殺人事件為背景的《這麼…遠，那麼近》中，攝影師就扛起攝影機，一路隨著當事人家屬翻山越林，深入水源湖泊，探索至親心境，不是道路那麼漫長艱難，觀眾就感受不到宗教狂熱的驅策！

《我的意外爸爸》中，福山雅治只因為抱錯孩子，只因為血緣亂了，親情與價值觀也翻天覆地起了變化，最難過的不只是親生孩子不認他，而是一手撫養長大的慶多也用無助眼神問著他：何以「昨是今非」？父子倆最後走在一上一下的平行山路上，路的圓成相逢，也完成了和解與寬恕的人生告解。

《無人知曉的夏日清晨》中，子兼母職的柳樂優彌唯一能送給小雪妹妹的生日禮物，就是把她裝扮得漂漂亮亮，穿上小熊維尼的拖鞋，走上街道，走向紅塵。仰頭看著單軌電車駛過時，他真的不知道，小雪的人生最後旅程竟然與電車有關。

更別說《橫山家之味》的英文片名乾脆直譯成《Still Walking》。橫山家的主人翁恭平醫生是退休多年的小鎮醫生了，每天時辰一到，他就會外出散步，走過小路，就這樣悠悠走看了人生風景。

是枝裕和用書名《宛如走路的速度》標舉他的創作手痕，影迷循線看片，應該就能窺見他的創作精髓，這是他送給影迷的小禮物。導演的書寫一如電影書，總是讓人窺見其心思，繼而得見其心法，本書中，當然亦有這種功能。

例如，聲音其實是是枝裕和揮灑自如的另一根魔法棒。

書中，是枝住進了前輩大導演小津安二郎寫劇本時待過的「茅崎館」，白天人聲雜沓，海潮不入耳；真正帶給他感動的是夜間傳來的海潮聲，入夜後，曾經陪伴過小津的潮汐聲同樣召喚著他，人與海的空間對話，不正是藝術名歌〈教我如何不想他〉中所歌詠的「月光戀愛著海洋，海洋也戀愛著月光」的癡慕情懷？

有這種詩人情懷，才能從「擠牛奶」的聲音療癒「服喪」的悲傷；有這種人生流連才能精準寫下對颱風的回憶，不是風，亦非雨，而是父親急著拿起鐵鎚敲向鐵皮的鎚釘聲響，那是一家之主唯恐強風吹垮住屋的心思與努力。

看見了是枝對於聲音的多元描寫，你就能夠明白《橫山家之味》中，樹木希林在廚房裡的刀切聲和蒸籠水氣如何勾引起我們對美食的嚮往，她又如何能以一首演歌，悄悄完成女性的復仇；你就能明白《無人知曉的夏日清晨》中，小雪那雙吱吱叫的拖鞋是多麼童稚又純情的思親心聲？你就能明白《這麼⋯遠，那麼近》的山林安靜與城市喧囂，是多麼精準地呼應著角色的波瀾心思！

是枝裕和以紀錄片起家，本書也附帶了一位電影工作者在頂尖影展的見聞錄，那是微形的紙上紀錄。不過，動人的並不是他個人對「參展」或「參賽」的豁達心情，而是他敢於對主流風潮提出異議，Michael Moore 的《華氏 911》究竟是經典，還是時事創造出來的情緒之作？他的冷筆剖析，其實就是最動人的一篇紀錄片宣言。他的立論，就像那位在觀景窗後冷眼旁觀，不為掌聲迷惑，敢於挑戰，亦敢於質疑的創作靈魂。

是枝裕和這本書，有如導演陪著我們走一趟人生歲月。他在紙上走，我們走在時間裡，昔我往矣，楊柳青青，一個章節接一個章節的速度讀下去，就是歲月靜好的呼吸了。

一路走來的初心

韓良露（作家）

是枝裕和是我近幾年相當喜愛的導演，我成為他的影迷歷史並不久，從看到二〇〇八年的《橫山家之味》後，我立即找出他的舊作，如《無人知曉的夏日清晨》、《下一站，天國！》、之後只要是他的影片我都會看，像《空氣人形》、《奇蹟》、《我的意外爸爸》。

綜觀所有我看過的是枝裕和作品，不管形式上是記錄片或奇幻片風格，他的影片都有紮實的人性肌理，讓人可以相信片中的人是真實活著的，即使觀眾出了戲院，都還會覺得影片中的角色仍然存在。

雖然看過不少是枝裕和的電影，但我對他的認識只能透過影片所呈現的詩意與哲理，去了解他是什麼樣的導演。但這次看了他的第一本隨筆散文《宛如走路的速度》，我才看到活靈活現的是枝裕和本人躍然紙上。

對於是枝裕和的影迷來說，《宛如走路的速度》太珍貴了。像我本來雖然知道《橫山家之味》是記念他的母親之作，但看了書才知道影片中那個日式平房其實是他母親回不去的夢幻老家。真實人生中，他的父母一直住在國民住宅的公寓中。是枝裕和在書中寫道，因為是拍電影，他可以把想像的母親放在她喜歡的家中，這就是電影的魅力，可以替補我們完成人生難以達到的夢想。

這本書中也充滿了是枝裕和的人生回憶，從是枝家從來沒買過車卻愛在別人車前留影，或他年輕時去鹿兒島探望心儀的女生，雖然戀情無結果，但多年後他拍攝《奇蹟》時，把場景安排在鹿兒島，也是想拍出當年對櫻島火山的感受。

其中也有不少是枝裕和的私人告白，小如他回憶童年的自行車，提到他和同夥騎車到林間，其他小孩會抓昆蟲互鬥廝殺，但他不喜歡這樣的時刻，即使別的男生會罵他膽小鬼，但他還是要向大家告別。看到這裡，我也明白了是枝裕和所有影片中所表露的溫柔來自何處了。

是枝裕和在當代日本導演中，有其特別的養成背景，他並非電影科班，而是電視編導出身，通常影視界有一不成文的偏見，以為做電影高於做電視，但是枝裕和從電視跨足電影，卻成為過去十多年間繼北野武之後，在國際影壇大放異彩的導演，《我的意外爸爸》獲得坎城影展評審團大獎實至名歸。有意思的是，北野武和是枝裕和代表日本文化的兩面，北野武探討的是人生隱藏的殘酷，是枝裕和則是生命共通的善意。

是枝裕和以電視記錄片編導入行，特別關心日常性與普通人的生活，他的電影講究細節，包括演員彎腰的方式像不像母親的樣子，這本隨筆取名《宛如走路的速度》亦是同理，走路是再日常不過的事了，但宛如走路又可不只是走路，一邊走路一邊思索亦是人生。

在這本隨筆中，洋溢著是枝裕和思想的靈光，像他說早期的電視美學是源自電影，但現在的電影卻受電視媒介的影響，又如他說有人問他電影電視是什麼，他會回答是對話，是以世界為中心，把自己放在世界之中來思考。

是枝裕和一路走來，一直是在工作上把持初心的人，看了他悼念他的影視精神導師如村木良彥和安田匡裕，讓我們看到思想傳承的意義；同樣的，在這本書中，是枝裕和做了不只是導演的工作，也是導師的使命，尤其在書末，他一再提及的福島核災之事，他說自己在這件事之後，不可能是同樣的人了。導演可以藉著電影創造虛擬的世界，但導演仍是世界的一部分。

目次

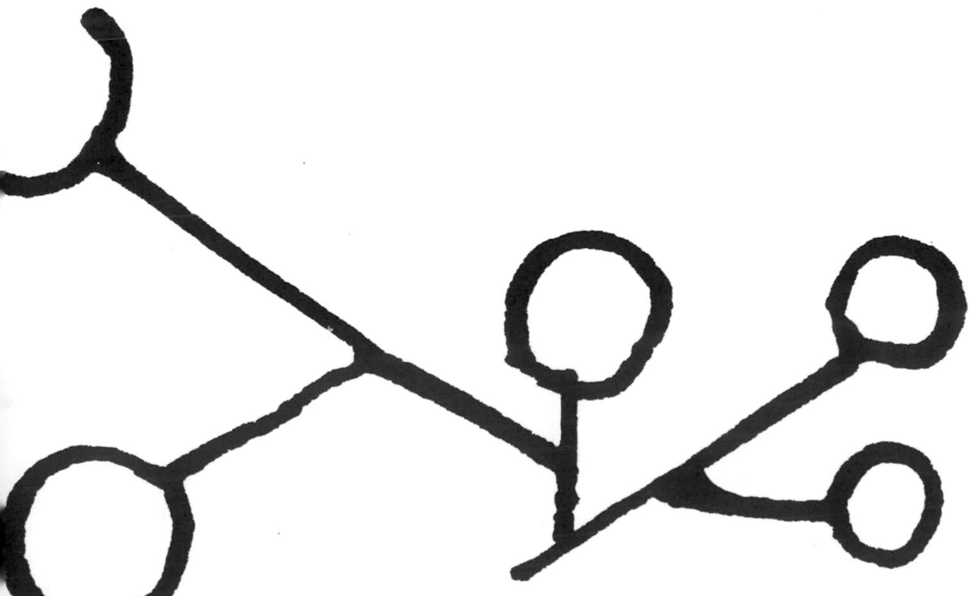

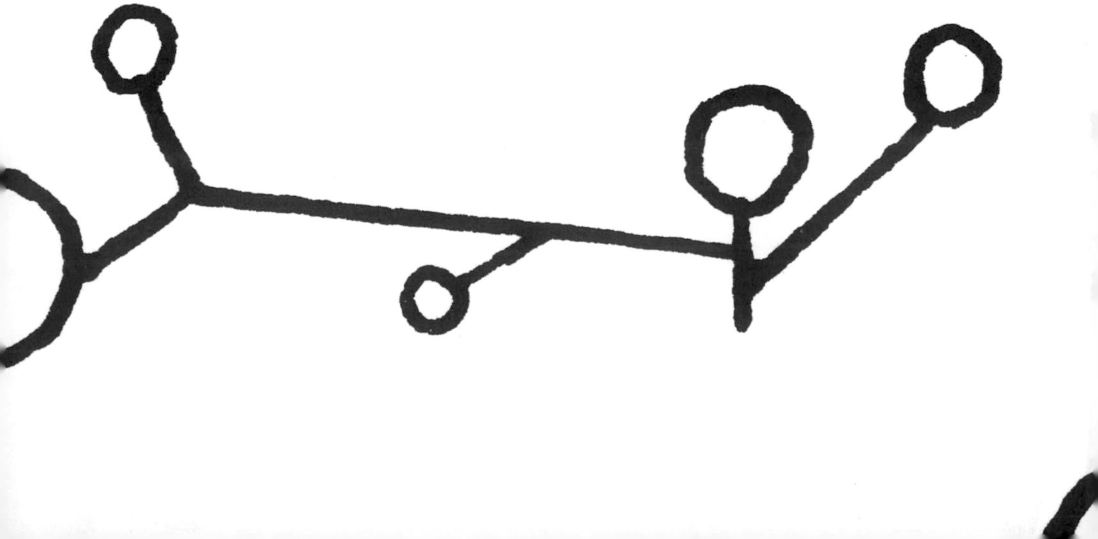

代序

再過約一個月，新拍電影《我的意外爸爸》就要上演了。在各地接受採訪時最常聽到的評語是，這部電影說太多私人情事了。

拍攝前作《奇蹟》整整一個半月沒有回家，終於回到妻子與女兒殷切盼望的家門那一晚，三歲的女兒正在房間的角落看繪本，雖然有意無意地露出關心我的表情，卻不太敢靠過來。

「可能有點緊張……。」看出她心情的我竟也跟著緊張起來。我們父女倆，就在這種微妙的氛圍中度過了那個夜晚。

隔天早上女兒在玄關目送我返回工作崗位，只說了聲：「歡迎再來喔。」做父親的儘管臉上還能擠出苦笑，內心則相當狼狽與受傷。

原來如此……，或許確實沒有那麼親密吧，畢竟兩個人在歲月上的累積不過三年，每次見面時又都只能歸零重來。

只有「血緣關係」終究是不夠的……，我直覺地這麼認為，最後也想通了（應該是時間的關係吧……）。但其實從一開始我就知道，以我工作的性質並不容易實現那樣的生活。

我請福山雅治扮演《我的意外爸爸》這部電影裡的父親角色，想讓他也徹底嘗試這種我自己經常面對的苦惱，而且更劇烈、深刻地體會。換句話說，究竟是「血緣」還是「時間」，我想讓他陷入這種二選一的境地。想法當然相當邪惡，但《我的意外爸爸》就是發軔於某種惡意。

後來我也想過，將「抱錯嬰兒」這種聳動的事件編入劇情，結論的方向恐怕是，觀眾的視線和意識都會集中在夫婦到底會選擇哪一個孩子。但是，如果一開始解讀「劇情」的方向性就太強的話，理應關心的、事件背後的「日常」（或許他們已經失去）就會顯得平淡無趣。這可不行，必須讓觀眾充分、真實地感受到「日常」的描述。「人」比「劇情」更重要的這種認知，就算是在這樣的電影裡也不想改變，所以，我想多花點時間來慎重處理這兩個家庭的生活點滴。

我再三地思考：母親都怎麼替剛洗完澡的孩子吹頭髮？並肩睡在同一張床上的這三人怎麼排序？以怎樣的方式手牽手？真正的兒子出現在眼前時父親在意什麼？拿

誰和誰做比較？如果日常生活的描述看起來不夠充實，這部電影就會是失敗的作品；因此，我想強調生活中偶得的記憶，以及就在演員眼前展開的「生活」觀察。

本來我的工作就是電視劇編導，因此被歸類為是「社會派」，我本人有一段期間也這麼認為。早期的作品裡，有些便曾直接導入奧姆真理教事件，以及東京發生的兒童棄養事件，也曾把九一一時紐約發生的多起「恐怖事件」，以及其後對瀰漫全世界的「懲兇」心態，因反感而衍生的「復仇」故事拍成電影。

後來這樣的態度之所以有了很大的轉變，是因為對母親之死的悔恨，純粹以私人的感情拍攝了電影《橫山家之味》；就連我自己也認為，這裡面絲毫沒有所謂的「社會性」。這種很私我、很日本式的話題，外國人是否能接受？

不出所料，法國代理商老闆看過《橫山家之味》後大失所望，直說「太家庭化了」、「地方色彩太濃了」，這種電影歐洲人無法理解。我想，無法理解就無法理解吧，坦白說我無所謂。

儘管如此，這部電影一到海外，便完全推翻了當初的預料。西班牙聖·賽巴斯提安國際電影節 ❶ 上，放映結束時，一位下巴留著漂亮鬍子的巴斯克大男人，邊晃著他的啤酒肚邊靠過來對我說：「你怎麼會知道我母親的事？」同樣的感想，也出現在韓國、加拿大和巴西。

什麼叫做普遍性？思考世界所需而製作的東西，並不等同通用於世界。如果能夠像這樣注意自己內在的體驗和感情，深入挖掘而達到某種普遍性，那就是最好的。我想暫時用這樣的態度來思考自己、電影、世界這三方面的關係。

這部《我的意外爸爸》，也是延續這種想法拍攝的作品。

我的這本散文集《宛如走路的速度》，則是《奇蹟》公開上映的二〇一一年起，以同樣標題在《西日本新聞》上所寫的連載文章之結集。

事實上，之前我在某家電視公司的報導節目中，就曾經使用這個標題了。節目內容所呈現的，是一群年輕人為了成為職業演奏家或專業歌手而參加選秀的過程；但是影片的重點不在於「非日常」的選秀是否獲勝，而是「日常」的「音樂」這種東

❶聖．賽巴斯提安國際電影節（Festival Internacional de Cine de San Sebastián），創於一九五三年，每年九月在西班牙巴斯克自治區港市聖．賽巴斯提安舉行。

西有多麼貼近他們的生活。鏡頭總是悄悄地、安靜地，漫步一般靠近他們的日常生活。

這回之所以三度使用這個標題，是因為我覺得，這本散文集就像當時我的日常生活一樣，緩慢地以同樣步調陪我一路走來。

猶如駐足挖掘腳下更混沌、更柔和的事物，如果我的電影作品是安靜沉澱於水底的東西，那麼，這本散文集就是沉靜之前，緩慢漂浮於水中的泥沙之結合。目前還很細小，尚未成形的泥沙，一定會在幾年之後，成為下一部、再下一部電影的芽與根。

沒錯，我如此確信。

二〇一三年八月二十一日　是枝裕和

第一章　影像的周邊

行間

為標題所吸引，買了白水社出版的《夏至將臨》。

這本隨筆集的作者永田和宏先生❷，既是細胞生物學的權威又是歌人，他以自己和同樣是歌人的夫人（河野裕子女士）兩人生活為中心，寫下每天的感思。書名來自永田先生在發現妻子的乳癌移轉，死期逐漸迫近時所作的詩歌：

一天過後
與君之時
減少一天

❷永田和宏（一九四七～），歌人，細胞生物學者，京都大學名譽教授。

夏至將臨

儘管影像與文字有別，詩裡凝視感情與時間的方式，正是我自己想要的一種理想形式。

隨筆中也有觸及短歌的類似觀點，雖然有點長，但請容我引用：

無論悲傷或寂寞，詩歌中基本上並不直說。不說出來而由讀者感受，是短詩的基本要求。讓讀者從簡短的語句中感受其言外之意，是短詩之所以成立的前提。（摘自「時間之錘」）

電影也應盡量用不直接說出悲傷或寂寞的方式，表現悲傷或寂寞。我想創作的，就是有效利用類似文章裡的「行間」（留白），讓觀眾自己以想像力補足的電影。

但是，目前橫亙在電影業面前的難題是，做為「前提」存在的「小規模電影院文化」，早已被迫變質為影城這種龐大娛樂設施「消費」的餘興節目，岌岌可危。不過，電影製作者也不能只顧著感嘆，而必須試著摸索：如何在這種新的場所與觀眾締結某種關係。

訊息

「訊息」實在是很難應付的名詞。「請用簡單一句話來說明電影所含的訊息。」每當在電影宣傳活動被問到這個問題，總覺得「真是傷腦筋……」。我在這部電影裡，一開始就想傳達什麼訊息嗎？

在法國的小型電影展中，曾經有人這麼說：

「一般都說你是位關於死亡與記憶的創作者，但我不這麼認為。你有沒有發現，你更常描述的是『後來留下的人』嗎？」

在這位評論家說出這樣的話之前，我並未發覺自己有這樣的「本質」。我也曾經被這麼說過：

「你不會裁斷電影裡出現的任何一個人。這種不以善惡來區別的特點，好像和成瀨巳喜男❸的電影有共通之處。」

這讓我有點得意，但也因為被這麼一說，我才知道自己為什麼喜歡成瀨的電影。

這些評論，與其說是談論我用隻字片語就能說明的訊息，不如說他們想深入我本身無意識的部分來「理解」作品。

「詩並非訊息，訊息不過是有意識而獲致的結果，而詩是無意識的產物。」這是我在某研討會中從詩人谷川俊太郎那裡聽來的。如果作品中含有足以說明的訊息，那一定不是作者所加，而是由讀者或觀眾發現的東西。

《奇蹟》上片前，我曾在某個週末為了宣傳而造訪仙台和福島❹，舉辦了一場上映會。截至當時為止，《奇蹟》的評價或許是我的作品當中最正面的，但我還是不想說「看了之後會更有勇氣」之類的話。如果訊息（容我這麼稱呼）可以讓渡，那我並非授與者，而是一個接收者。我是去災區傾聽還沉睡在無意識之中，尚未成形為語言的聲音。暴露在這種「現實」的面前，作品是否經得起檢驗，是身為作者的自己所要探究的。

❸成瀨巳喜男（一九〇五～一九六九），是與小津安二郎齊名、擅長描寫女性的重要導演，代表作有《浮雲》、《放浪記》、《山之音》等。

❹這是「三一一」東日本大震災發生後的活動。

世界

對你來說，電影或電視是什麼？

我經常碰到這種涉及本質、卻很難答覆的問題。

「對話。」最近我會這麼回答。

「不是自我表現嗎？」好些人便再追問。其他導演我不知道，但從我開始工作以來，「自我表現」這個念頭一次都沒有浮現過。

「你是一個別人很難知道你在想些什麼的傢伙，反而從你製作的節目裡，可以看出你更多的感情。」國中同學曾經對我這麼說。因此在某種意義上，事實或許是，自己都沒意識到的個人特質，卻透過影像這種具體的形式，從我體內滲漏出來。不過，其中所描述的感情，只是我對「某種」特定事物的感情。

感情要擁有形態，如果是電影，還需要自己以外的他者做為對象。感情，是藉由與外在事物相會或衝突而產生的。感受到眼前美景時，那個「美」究竟源自於我，還是當真來自風景？比起以我的存在為中心來思考世界，如果以世界為中心來思考，而將我視為其中的一部分，就會有一百八十度的差異。如果前者是西洋的，後者是東洋的，無疑地我屬於後者。

「天地有情」，是我最尊敬的台灣導演侯孝賢經常在色紙❺上寫的一句話，我也有這種相同的認識，也常為這樣的關係而感動。

我的作品不是我創造的，作品和感情原已內含在世界之中，我只不過是集中起來加以揀選，再展現給觀眾看而已。作品是作者與世界的對話（communication），你認為這樣的世界觀是謙虛而豐富的，或只是身為創作者的軟弱？這種對立其來有自。

❺此處特指已經裱裝在硬紙卡上的書畫用紙，常被名人拿來簽名、題字以贈人。

對話

一開始從事電視工作，最常聽到的要求是「易懂」，「讓任何人都能看得懂」。「因為觀眾是笨蛋」，有些電視台的人甚至隨口這麼說。因為是對人傳達訊息的職業，如何才能讓受眾認真接收那些訊息，當然要慎選作品的表達方式，也要講究表達的順序；但是，不可能有任何人都懂的作品。我認為，冀望「讓任何人都看得懂」是過度相信語言和影像，進一步說，就是過度相信「對話」。我想有不少人認為，用五分鐘說清楚複雜而難以理解的事情就是電視，但事實上，描述簡單事情背後隱藏的複雜性才是電視。這樣的價值觀，在某方面是存在的。因為世界是複雜的，便想剔除掉複雜性，只求「易懂」來巴結觀眾的結果（雖然並非全部），電影和電視將趨於幼稚化，最後只會脫離現實。「趕快理解這個味道！」製作人如果秉持這種像大人引導小孩子爬向高處般的態度，遲早會被說是傲慢。

然而，哪一種態度更能真正與觀眾「對話」呢？

「邊想像一個活生生的人邊拍攝！」這是我出道時前輩教誨的一句話。如果只知針對視聽者這種曖昧的對象製作電影，結果反而是沒有任何人看得懂。「就像對一個人說話般去創作！」母親或情人都可以，前輩說。換言之，他們想說的是，作品並非用來展現，而是對話。的確，有了那樣的想法後，作品便會自己打開門窗，讓空氣的對流暢通無阻。就是這一股風，吹去了我在「自我表現」這句話裡的「自我完成感」。

我之所以製作電影《奇蹟》，是想讓目前三歲的女兒在十歲時觀看。我想用電影來傳達這樣的訊息：世界就是這麼多采多姿，日常生活就是這麼美麗，生命本身就是「奇蹟」。

革命

「電影和電視的差別到底在哪裡？」這是我經常被問到的問題。「底片捲動的是電影，收音機附畫面則是電視。」則是我認為最簡單的回答。出身（ＤＮＡ）完全不同，卻在進化（？）的過程中趨同了。

電視比電影晚出生五十年，那時電影已經有了聲音，因此對觀眾來說，不外只是要花錢或免費觀看的差別罷了。對許多製作人來說也一樣，所以草創期的電視，新聞以記錄片（或者報紙）、電視劇則以電影為模型，也是想當然爾的事。但是到了一九六〇年代後，有些製作人開始摸索「電視原創」了。不管是不是獨斷或偏見，總之如果要我選出那樣的「革命家」，當屬寫劇本的久世光彥❻、拍記錄片的伊丹十三❼（換成與伊丹一起製作無數電視節目的今野勉亦無不可），以及主持眾多綜藝節目的荻本欽一（沒錯）等三位。

久世在家庭倫理劇的領域裡，融入短劇和歌曲等豐富的要素，且一直維持超過三〇%的收視率。在錄影系統還未完備的草創期，現場演出、即時播出的戲劇更是一再挑戰電視劇的拍攝手法。伊丹於七〇年代活躍於旅行節目及記錄片的領域，節目內容同時呈現製作過程，充滿了知性的結合。我最佩服荻本的地方則是，他是最早發覺電視中的業餘者比職業演員更有趣的人。雖然有人因此批評他「把電視搞成外行人的媒體」，我卻始終認為，那才是電視的本質。

革命後轉眼四十年過去了，熱門的電視連續劇拍成「劇場版」電影已司空見慣。那麼，今天的我們應該怎麼看待電視的原創性呢？我經常這麼自己問自己。

❻久世光彥（一九三五～二〇〇六），小說家、劇作家。

❼伊丹十三（一九三三～一九九七），電影導演、演員，散文家，代表作有《蒲公英》、《民暴之女》、《靜靜的生活》等；大江健三郎為其妹婿。

記錄片

我自己，當然也經常參考他人演出的電影或電視劇來安排角色，但是，選角的動機卻大多來自可以窺見那個人日常樣貌的綜藝節目或訪談。

有些演員越遠離自己的性格、環境和成長過程，反而演得越好，因此不能一概而論。不過，演員的存在感還是不能完全倚靠虛構，即使是荒誕無稽的故事，裡頭的人類也需要呼吸、飲食和行走，不可能完全切離現實來塑造其肉體、聲音和皺紋的生命史。

更何況，現在的電影與其讓演員在攝影棚的虛構場景演出，反而更希望能在實際的街道或古舊的公寓裡，以逐漸西下的夕陽餘暉來拍攝（我個人就大多如此）。唯有在這樣的現實基礎上，我才能著手拍攝電影。如果今天大多數的電影依舊和以往一樣在攝影棚拍攝，我又是那種電影公司所屬的導演，三船敏郎或勝新太郎也還是現役演員，恐怕我也不會有這樣的想法。但我是在電影生態已經變了又變、再也無法像以前那樣生存下去之後，才開始拍攝電影的，所以，摸索適於當下情況的拍攝方式和演員的表現形態，才是我被賦予的宿命。不管別人聽來是否言過其實，我確實是這麼想的。

我的電影之所以長期以來經常被稱作「記錄片的型態」，大概是我的工作經歷始於電視記錄片的拍攝，或是我常用沒有表演經驗的模特兒或小孩子當電影主角，因此才有這樣的說法吧。個人認為這樣說並沒有錯，但是我自己分析所得是，創作者並非世界的掌控者，而是先死心塌地接受世界存在著種種不自由的前提，再把這種不自由當作「有趣」的因素，才是最好的記錄片型態。

責任

我從一九八七年大學畢業以來，就一直寄籍在「TV MAN UNION」這家節目製作公司旗下，度過了二十六年；活過的人生，剛好有一半都待在這家公司裡。即使重新來過，換成數字還是會讓我再驚訝一次。初到公司面試時，曾被問到想製作怎樣的節目，「關於天然能源的記錄片。」我當時這麼回答。「那麼把這家公司的大樓，改裝成太陽能發電廠好了。」對方帶點諷刺地說。我回答說：「是啊，我也這麼認為。」但是（問題來了），雖然嘴裡這麼回答，心裡卻打一開始就認為那是不可能的。在有幸（？）被認可、進入公司的第一年，我寫了兩篇企畫書，描寫一些不使用車子和電力，過著自給自足生活的美國阿米許（Amish）教徒，以及創立於十二世紀的義大利，靜靜地闡釋、實踐與自然共生的「阿西西聖方濟各」（San Francesco di Assisi）。聽我說起不使用農藥的自然農法的可能性，同期進公司的友人對我說：「你知道農業是什麼嗎？從沒看過你認真的摸弄過泥土。」他出身山形

縣的農家。

簡直是大頭病。但對於核能發電廠的危險性，我就並非無知了，所以沒有因「被騙」而生氣的資格。透過權力與企業的結合，以整捆鈔票讓當地居民靜默，唆使御用學者述說安全性的作法，與水俣病❽發生當時並沒有兩樣。儘管如此，我終究沒再寫那種內容的企畫書。我並非被誰阻止，而是主動地放棄，然後在安全的東京過著十分舒適的生活。

片名已經忘了，在描述殘害猶太人的記錄片中，有一段這樣的畫面——男人看著被殺的人群說：「我沒辦法做什麼，但至少知道這樣的行為是錯的。」這時猶太人反駁這個男人道：「知道而無作為的人，比無知而無作為的人罪孽深重。」最近我常反覆思索這個畫面。

❽水俣病是一九五〇年代發生在熊本縣水俣市一帶的汞金屬汙染公害，受害者超過一萬兩千名，其中一千多人死亡。

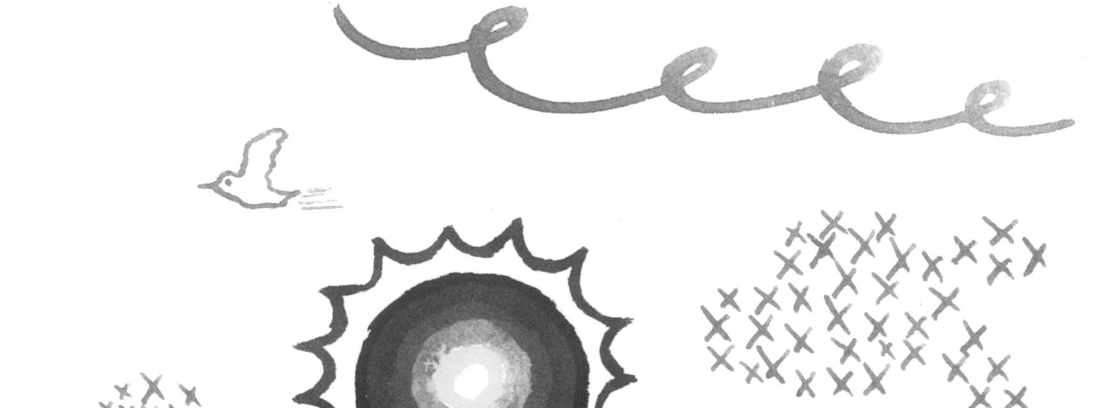

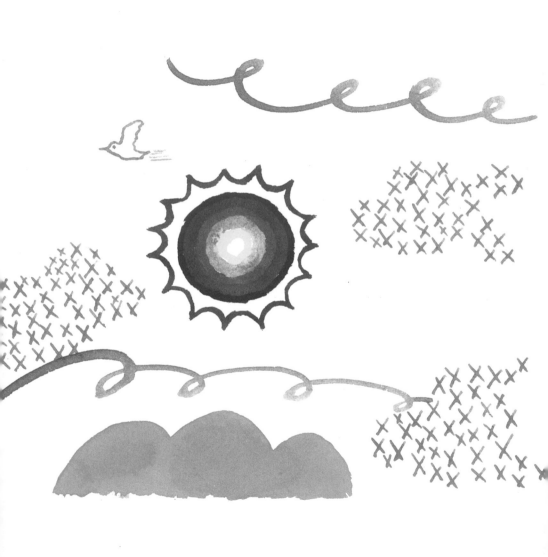

回推（RT）

加入ＢＯＰ（廣播倫理・節目提升機構），成為委員會一員的一年來，並不覺得自己有所貢獻，但與同樣是委員的立花隆先生（記者、作家、評論家）、吉岡忍先生（作家）、香山里家女士（精神科醫師、評論家）、重松清先生（作家）等就電視的未來交換意見，則感到受益良多。這個組織的主要任務，是詳細地調查倫理上有問題的節目，提出建言，促使電視台、製作人自主地加以改善。個人的心願，則是希望能從每一個節目的對錯，進一步踏入「何謂演出」這樣的方法論。但是，「這不是委員的工作，而是現場製作人的責任」類似這樣的區別（我認為沒錯）成為很大的障礙。我的興趣的確不是在對錯，而是基準曖昧的演出巧拙（有趣無趣），因此，以委員會的立場提出建言或許有些逾越本分。

不能深入探討演出的另一項理由是，批判對象的節目內容原本就過於膚淺，無論

怎麼說都不太可能深入。比方網路上的資訊並未查證就拿來做為事實，當事人的發言並未向第三者求證就全盤接受，完全不用自己的眼睛、耳朵、雙腳來取材等等，一談到這些問題就沒完沒了。將他人取材的新聞內容攤在攝影棚、照本宣科的節目之所以不勝枚舉，問題或許出在製作人的美學和自尊心。

這本散文集中針對ＹＯＵ女士及樹木希林女士❾所寫的內容，話題雖然與電視無關，但我知道，幾乎百分之百被引用及刊載於網路，甚至還有整理報導人的署名；當然也沒有誰來採訪過我。最近我開始利用推特（Twitter）後，才知道那一定是類似回推（RT, Retweet）——亦即將喜歡、感動的東西，轉載、擴散出去——的狀況。

那麼，對於這種「善意」（我假設）的回推，應該如何因應才好？目前還在思考當中。

❾見本書中〈背景〉和〈自由〉二文。

死者

最近（二〇一一年六月）我在台灣上演的作品其實不是電影，而是去年NHK播出的電視劇《後日》（加瀨亮、中村友理主演，台灣上映片名《妖怪文豪怪談2：後日》）。劇情改編自室生犀星❿的短篇小說《童子》及《後日的童子》，描述死去的孩子回到雙親身邊，共度一個星期的類似怪談（鬼故事）的作品。

「為何老是喜歡在作品中描繪死者？」

初執導的《幻之光》推出時，就一再被問這個問題了，老實說我也從來沒說個清楚明白。直到《橫山家之味》在法國公演時，實在被問到受不了，只好硬著頭皮這麼解釋：

「和你們不一樣，日本沒有絕對的神，取而代之的就是死者。比方我們之所以有『愧對祖先』的說法，純粹是為了讓生命過得有意義，於是需要『死者』的存在。」

沒想到脫口而出的話卻被強烈認同，反而讓我感到困惑。從此以後，我就用「取代神的存在」這種說法來回答類似問題。

「能寫得出人不會死的情節才算合格。」這是學生時代師長的教誨。對創作者來說，那的確是小說與電影共通的一項指針，這點我沒有異議，只是不喜歡它聽起來像個藉口。我可以自信地說，我從未以描寫某人死去的過程，來煽動劇中人物和觀眾的悲情。電影《下一站，天國！》是想站在死的立場描述生命之無可取代，《無人知曉的夏日清晨》則極力切割死的過程與悲傷，《後日》描述死去的兒子回來重新與雙親告別的過程，但主題絕非哀傷。只有與死者在一起，這對夫婦反而才能真正活著，重獲快樂。我想同時描繪他們不知如何活下去的境況，以及生活中一種怪異的氣氛，就像《橫山家之味》中樹木希林飾演的母親一樣。話說回來，台灣的觀眾是否能夠接受《後日》呢？悶熱的夜晚最適於「怪談」了。

⑩室生犀星（一八八九〜一九六二），詩人、小說家。

關於喪

再談一點死的問題。正確地說，不是「死」而是「喪」。

精神科醫師野田正彰的著作《服喪》，是一本針對日航巨無霸客機墜毀 ⓫ 等事件，有關遺族心理療癒主題的散文集，出版於二十年前。書中詳細追述事故遺族如何承受親人之死，並度過哀痛的過程，是一本令人感動同時深入思考人性的書。其中有這樣的描述：「人在服喪中也可能具有創造性。」我從其中理解到，服喪儀式（grief work）不是只會引發悲傷痛苦，過程也能使人成長。

這本書出乎意料地在我內心引起回響，其實是有理由的。大約書本出版的半年前，我正在不使用教科書、推動「綜合學習」的長野縣一所小學，進行長達三年的採訪。當時伊那小學春班飼養了一頭從牧場借來的母牛，訂定了育種及擠奶的目

⓫ 一九八五年八月十二日，一架從東京飛往大阪的日航波音七四七客機墜毀於群馬山區，機上五二四人僅四人生還，為史上單機事故傷亡最慘重之意外。

標，大家從三年級起就一直照顧牠，但是五年級第三學期⓬即將開學之前，母牛比預產期早產了近一個月，當老師們發現時，小牛的身體已經冰冷了，學生們邊哭泣邊埋葬小牛，仍等著期待已久的擠奶。即使小牛夭折，母牛仍然必須每天擠奶，大家也在午餐時喝了加溫了的牛乳。原本應該高興的擠奶和午餐如今有何不同，如實地呈現在他們「服喪」期間所寫的詩及文章裡，比如：

擠擠擠
發出令人愉快的聲音
今天也來擠奶
儘管悲傷，還是要擠奶

氣氛愉快但內心悲傷，雖然悲傷但牛乳味美。體驗這種複雜的感情不叫成長那叫什麼？

我透過後來的創作，堅持、鍾情於「喪失」而非「死亡」，出發點其實就在這裡。

⓬日本中小學基本上實施三學期制，第三學期為一月到三月。

一九八八年與伊那小學春班孩子們的合照

複雜

小時候電視播放過的電影，如今還有幾部留有印象，《單車失竊記》即為其中之一。那是一九四八年上映的義大利電影，導演是維多里奧・狄・西嘉[13]。電影不是在攝影棚拍攝的，而是在街道上，演員則不用明星而大多用一般人，是所謂新寫實主義（Neorealism）時期的眾多作品之一。大學時代認識的電影同好都認為，以那個時代的導演來說，羅賽里尼（Roberto Rossellini）才是應該給予高度肯定的正統派，批評像我這種喜歡狄・西嘉、費里尼（Federico Fellini）的人，是沒品味的電影迷。這暫且不談。

[13] 狄・西嘉（Vittorio De Sica，一九〇一～一九七四），新寫實主義電影重要導演之一；《單車失竊記》（Ladri di biciclette）曾獲一九五〇年奧斯卡最佳外語片，並先後以《昨日，今日，明日》（Ieri, oggi, domani）和《費尼茲花園》（Il giardino dei Finzi Contini）分別獲得一九六五年、七二年奧斯卡最佳外語片獎。

《單車失竊記》是部描繪貧窮家庭的故事：失業中的父親好不容易找到工作，但做生意用的自行車被偷，他不肯自認倒楣，而是去偷竊陌生人的自行車以報復，最後當著兒子的面被逮個正著。「多麼悲哀的故事啊。」小時候這麼想，但到了大學時代在電影院觀看，感想卻不一樣。看著即將被帶走的父親，孩子憂心地追了上來，失主看到孩子便心軟地說：「放過你吧！」如果將注意力放在這位男人身上，把這部電影解讀成人道主義也不讓人意外。或許就是在這一點上，正統派覺得過度溫情，才會給予負面的評價吧。這也暫且不談。

事實上，看到第三次印象又變了。被釋放的父親垂頭喪氣地走出來，面帶不安的小孩子靠了過去，先抬頭看父親的臉一眼，然後伸手牽著父親。我覺得這個牽手的動作，與其說是孩子握著父親的手，不如說是兒子對父親伸出救援的手。父親是以怎樣的心情來回握兒子的手呢？對父親來說，我認為，或許是比當場被逮還要殘酷的結局吧。

這部電影之所以複雜，當然並非因為樸拙的風格，而是準確地反映了人生和世界的複雜感。

等一下

有一回，我接連到名古屋和京都的電影院出席座談會（teach-in）。這種座談會與電影上映前上台和觀眾打招呼不同，是以製作人（導演或製片）回答觀眾（電影結束後留下來）的感想或提問方式來進行，類似小型的脫口秀。

在名古屋時，三位穿著足球制服，並排坐在最前面的小學五年級學生，其中之一精神奕奕地舉起手來說：「背包中的〇〇是真的嗎？怎樣拍攝的？」追問連大人都很難想到的核心問題，全場充滿熱絡的氣氛。

距離首度經歷這種研討會，已是十六年前的事了。那時的我，正帶著初執導的電影《幻之光》巡迴海外的電影展。僅以作品本身來說，電影自有其完整性，所以總覺得，都已經上映了，導演還出來說三道四，簡直是畫蛇添足，最初相當反感。但在親身經歷過後，出乎意料地發現非常有收穫，電影及創作者透過他人的眼裡和聲音「暴露」和「試煉」，感覺非常新鮮。

那是在法國港口小鎮的南特電影節⓮上。「你的電影《幻之光》裡所有的東西都各反覆兩次，既然電影以夢開始，所以最後也應該是夢。那麼，夢到底是從哪裡開始的？」提出這麼高難度（！）問題的，是位有點年紀的女性，就在譯者正為我翻譯時，另一位觀眾舉手站起來，斬釘截鐵地說：「我認為從〇〇就是夢。」另一位觀眾說：「我認為是從△△。」我的電影研討會，就這麼無視於我的存在逕自熱絡起來。我正要插嘴說幾句，最初那位女性竟然制止了我：「導演的意見再等一下！」會場霎時充滿笑聲。這是我強烈的座談會「初體驗」。

這十六年來（九部作品）我一直在想：難道在日本就不能實現這種熱鬧、有意思的場景嗎？

⓮三洲影展（Festival des 3 Continents），每年在法國南特（Nantes）舉行，通稱南特影展。

天使

真要我說「喜歡影展」，多少還是有點說不出口，但我確實很喜歡影展（認了吧）——正確地說，是很喜歡幾個影展。首先是西班牙的聖・賽巴斯提安國際電影節，雖然日本影迷較不熟悉，但在歐洲卻是僅次於坎城影展、威尼斯影展及柏林影展，公認具有歷史地位的大型國際影展。但我喜歡的理由與此無關，而是當地的美食（這一點我覺得很重要）。影展在號稱「歐洲最美的海灣之一」的港都舉行，可以隨時到大眾餐廳「巴爾」的櫃台點些小菜，大白天每個人就開始站著喝起美酒。我在那裡時，也常邊喝薑汁汽水邊走進會場，真的是相當愜意。

第二喜歡的，大概是加拿大的多倫多影展了。這是個並非在休閒勝地，而是借用街上電影院舉辦的市民影展，所以觀眾大多不是影評人或片商，而是以一般人為主。影展期間，許多神采奕奕休假前來的電影愛好者，購買聯票，每天只管看電影，也是這個影展最大的特色。「這次比以前好太多了！」在異國聽到一般的觀眾對我這麼說，真是相當愉快的體驗。

能夠碰到非常喜歡的導演或演員，也是影展的大樂趣之一（有夠低俗）。

有回在荷蘭鹿特丹時，還碰上過這樣的事：在旅館吃早餐時，主演《柏林天空下》的布魯諾．岡茨先生（Bruno Ganz）湊巧來到鄰近的座位，放下房間鑰匙後走去取餐（自助餐）；沒多久，台灣導演侯孝賢端著盤子走過來，沒注意到桌上的鑰匙，坐下來就開始吃（怎麼辦……要提醒他嗎）。等到布魯諾先生回到座位時，瞬間兩個人都動也不動地互瞧對方；但侯導立刻就明白怎麼回事，隨即拿著盤子站起來想換座位，但布魯諾先生制止他，只用眼神打個招呼便另外找了張餐桌坐。就好像電影的一個畫面，而我當場目睹了故事開始的瞬間。那一天，我因此都倘佯在福星高照的氣氛中。

欠缺

籌拍《空氣人形》這部電影時，先前在仙台舉辦上映會，認識的學校老師寄來一封信，信裡附上吉野弘先生⑮的詩〈生命〉：

生命好像是
只靠自身無法完整具足般
被創造出來

詩歌以此開頭，描寫世界上每一個生命之間的牽繫，緊接著的下一節，詩的主題便清晰地展露出來：

生命裡包含著欠缺

有待他者來填補

《空氣人形》的主角如同片名，是以塑膠製成的情趣用品，但那個充氣娃娃某天有了心，開始走動起來，是部奇幻電影。其中有一幕，塑膠玩偶意外破裂，因而萎縮，還好一位她所喜歡的男子幫她吹氣，讓她原本空虛的身心充滿生氣。〈生命〉這首詩，恰恰和電影主題完美契合。

古往今來，無論是現實上或電影中，世人設法克服自己缺點的努力都被視為一種美德。然而，只靠個人的力量是否克服得了所有的缺陷？當真毫無缺點，又真的是美嗎？我想，這首詩似乎是要我們重新審視價值觀。

⓯吉野弘（一九二六～二〇一四），詩人、隨筆家，他的〈祝婚歌〉常在婚禮上被引用，同時為許多學校校歌寫詞，著有《感傷旅行》等詩集。

我並不喜歡主角克服弱點、保護家庭及拯救世界這類的情節，反而很想描寫英雄不存在、只有平凡人生活的、有點髒汙的世界突然展現的美麗瞬間。這種時刻需要的並非咬緊牙關的硬氣，而是可以得到他人協助的弱點不是嗎？欠缺並非只是弱點，還包含著可能性，能夠這樣想的話，這個不完美的世界，正會因為不完美而變得豐富起來。我們都應該這樣想才對。

第二章　日常風景

自家轎車

為了電影的準備工作在街上亂逛時，只要看到很酷的車子，我就會站在前面並請助理拍張照片。話雖如此，我對汽車其實所知有限，就連對汽車的喜好都十足是個門外漢。感興趣的，不過是顏色華麗的敞篷車或進口車，以及連我都叫得出名字的日產汽車窈窕淑女（Fairlady Z），對其他車種視若無睹；所以，最近反而都是助理主動對我說：「拍一張吧！」我們總要長大成人以後才會發覺，理所當然的行為和興趣，其實並非那麼一般。

任何家庭都應該有與其他家庭不同、自家約定的事項和習慣，例如入浴方式或西瓜、草莓的吃法。看到隔壁人家做某些事時，我就常常會「咦，怎麼會這樣」地大吃一驚。對我來說，選輛車子再留影就是一種獨特的照片拍攝方式。是枝家的人只要在外面拍照，絕對是站在陌生人的車子前面；當然從未徵求車主同意過，而且還拍得像是自家轎車。但也要翻開以前的相簿，才知道竟然有那麼多在車子前面拍攝的家族照片：姊弟倆穿著短披衣，端端正正地坐在停車場的車子引擎蓋上；大概三歲大時，我和父親並肩坐在車子的後保險桿上；另一張照片裡的我大約六歲，穿著外出羊毛背心，站在一九六〇年代左右流行的豐田可樂娜硬頂轎車前面。相簿裡，甚至還有年紀還小的姊姊和父親並排坐在馬達三輪車前的照片，由此可見，我出生前是枝家就有這種習慣了。我猜想不出，一直被母親責怪沒有買車的父親，是在怎樣的心情下拍照的，但孩子們總是無牽無掛地笑得很開心。

時至今日，是枝家還是沒買過車。我也曾經想和女兒一起，在別人的車子前面拍張照片，但畢竟缺少那點勇氣。

五歲時站在某人的車子前面

可能是季節使然，來路不明的問卷調查竟接連寄來三次，「請選出三部令人看了精神百倍的電影」，真是傷腦筋傷腦筋……。

元氣

「電影院是意志薄弱者暗自飲泣的地方。」好像是太宰治⑯說的。就算事實不是他說的那個樣子，我自己也幾乎沒有為了提振精神而去電影院的記憶。無論是觀看或製作電影，我的確都不喜歡帶給人「厭世」之感的作品，但喜不喜歡是一回事，自己的作品中，畢竟還是找不到敢拍胸脯向人推薦、保證「看了精神可以馬上好起來」的電影。感覺上，我的電影並非追求「看了精神為之一振」那樣的精神層面。

有些體育選手會說：「請看我們的表演來提振精神。」這當然是一種善意，但不論是體育或即使只是電影之類的東西，觀看者就算嘴巴不說，心裡卻不免會想「畢竟只是娛樂而已」，以致看到緊張場面時一定會要求自己盡量放鬆心情。所以，表演者這邊必須認真表演，除了「因為這是我的職業」或「它可以帶來快樂」之外，還要有其他想法才對。不論稱之為娛樂或文化，這都是表演者的宿命。但是，究竟要以「只不過是衣食住行之外的消費性東西」（所以才有取得的自由）來對待，或像歐洲的足球那樣，社會和市民都認為那是大家的（社會的）共有財產，情願花費長遠的時間讓它逐漸成熟，其中就有很大的差別了。然而，就算選手和觀眾之間共同擁有後者這樣的認識，除了成績之外，體育運動也並沒有其他的「目的」。

觀看電影或欣賞運動競賽，都沒有立竿見影的好處；換成書本來說，也就是「非實用書」。但也可以這麼想：看了或許不會提振精神，但仍然有其價值，所以還是得看。電影《奇蹟》中，小田切讓扮演的父親便對兒子說：「世間也需要沒用的東西，如果一切事物都必須有其意義，會讓人喘不過氣來。」

⓰太宰治（一九〇九〜一九四八），本名津島修治，以虛無頹廢風格而被稱為無賴派作家，代表作有《斜陽》、《人間失格》等，三十八歲那年與愛人投水自盡；小說家津島佑子為其次女。

雖然這是被妻子強迫離婚的男人的自我辯解，或許只不過是作作姿態而已……。

不過，我想不論對電影或是這位父親，太宰治大概都能認同吧。

最佳戀人

或許別人看來有點早，但我覺得該是享受美味冰淇淋的季節了。我因為滴酒不沾，所以洗完澡後當然不喝啤酒，只吃冰淇淋。冰淇淋形形色色、品類繁多，曾經有段時期，只要有新作品完成，我就會享用一下哈根達斯（häagen-dazs），但健康檢查的結果是低密度膽固醇值過高，「最多只能吃水果冰棒吧。」那已經是幾年前那個夏天的事了。從此以後，大多只在深夜時分吃蘇打味的水果冰棒（當然我知道不吃最好），因為這種喚醒昭和記憶的零嘴令人回味無窮。

小時候家裡還沒有冰箱時，只要說「我想吃冰淇淋」，母親就會拿出五十圓，讓我到離家約兩分鐘路程的雜貨店，買五客一份十圓的杯子冰淇淋。已經是四十多年前的往事了，杯子到底是藍色或黃色，品牌是森永或是雪印，都已經不記得了。但是手中緊握五個十圓硬幣的觸感，以及放在雜貨店最前面的冰箱打開時的冷氣，至今仍恍如昨日。

小學高年級的時候，流行的冰品是眾所皆知的「啾啾」（果汁冰棒），這種冰棒很受歡迎的另一個原因，是可以在少棒比賽後的回家路上，一邊騎著腳踏車一邊吃。那種感覺，就好像大人嘴裡叼著菸、騎機車乘風趕路的雄姿。中學時家裡有冰箱了，冷凍可爾必思來吃成為我們的私家嗜好。「啾啾」果汁冰棒在剛融解時滋味甜美，但這種自製的可爾必思冰，則是剛結凍時最好吃。杯子周邊結凍而中央還有點冰沙狀態，是最佳的享用時間。我常為了確認最佳狀態多次打開冰箱，因而遭受母親的責罵。

最近，就連高檔的義大利式冰淇淋 Gelato 也變得平民化了，當然我也就抱著愉快的心情享受一番，但是，我冰品生命史上的最佳戀人，或許還是記憶中，兒童時代那種味道和顏色都很廉價的水果冰棒。

最喜歡從這裡看出去的景色

大波斯菊

陽台盆栽裡的大波斯菊剛開始發芽時，只能細長、柔軟、有氣無力地追著太陽辛苦打轉，但一個星期後的現在，已經能一邊頂著強風激烈搖晃，一邊筆直地往上伸長腰桿。

小時候，家裡玄關前的小庭院常年種滿花草，春天來時，牽牛花茂密到一直爬上屋頂，花葉把整個房子都包了起來。我非常喜歡坐在有點陰暗的玄關裡，從整片綠色的簾子間看著過往行人。

「剛好遮住這間破屋子。」母親有回帶著自嘲的口氣笑說。

秋天則是大波斯菊的盛開季節，粉紅和紅色的花朵，結苞時會吸引很多尺蠖，用筷子一隻隻地挾掉則是我的工作。九歲從這個家搬走時，我還曾經偷偷地把取下來的牽牛花、大波斯菊種子撒在庭院裡。

因為拍攝《奇蹟》而拜訪熊本縣某社區，偶然發現滿地的大波斯菊。房子已經片瓦無存，殘破的石砌牆壁包圍著的庭院，到處都是大波斯菊。回想起小時候情景的我，確信那一定是先前住在這裡的某個人家，搬家的時候撒下了大波斯菊的種子。當時住在這裡的那個家族，搬家後或許就此過著與搬家前相當不同的生活。扮演主角的少年，盡情想像著現在進行式的此時此刻以外的時間——我便是因為想捕捉這樣的畫面，才拍了這部電影。

我利用休息時間和孩子們一起取下種子，放進手上的FRISK喉糖盒子，帶回東京。因為裡頭還混有小時候不曾見過的白花種子，或許今年秋天可以觀賞到三種顏色的大波斯菊吧。至於尺蠖……，大概無法爬到公寓的六樓吧。

連續劇

坦白說，我喜歡看連續劇，不但每季都會選定一部作品來看，而且一定全部看完。最近這一季，我想看的是《高木護的規矩》[17]。儘管劇本的安排偶爾稍嫌雜亂（抱歉），有時配樂過多，不能說沒有不滿，但是瑕不掩瑜，主角阿部貞夫先生收放自如的演技，以及兩位童星的魅力，讓我每次觀賞時都很愉快（只是不希望它又發展成特別篇……以連續劇始就該以連續劇終）。

開始迷上連續劇是剛進國中時的事，誘因是《受傷的天使》、《我們的旅程》及《母親大人膝下》等名留戲劇史的佳作接連登場。在此之前，雖然也曾經看過《大岡越前》或《水戶黃門》等週日九點播出的「東芝週日劇場」，但那都是和父親一起觀看的，直到《受傷的天使》等這幾部，才是和父親沒有關係的、「我們的」戲劇。那時家裡只有一台電視，離錄影機的普及還有段時日。想看哪一檔連續劇，就

一定要在那個時間回到家，乖乖坐在電視機前面。當時的連續劇，某種程度左右著我們的生活習慣。回想起來，已然消失的那種無法自主觀賞的不自由，反而正是連續劇的魅力所在。

進入大學時，由山田太一和向田邦子執筆，總共三十部的《倉本聰精選典藏系列》劇本全集剛好發行，促使我將自己未來的目標從小說家改變為寫劇本。他們對日常生活細節的專注與觀察，給了我很大的啟發。海外舉辦的電影上映會，每次都有人會提起小津安二郎、成瀨巳喜男等名人，問我是否受其影響。那當然是與有榮焉的事，但是在我的心目中，向田邦子的排名更勝他們兩位。也因此，比起被稱為電影導演，「電視導播」這個頭銜之所以對我而言更加貼切，原因就在這裡。身為電視工作者，我心裡始終隱藏著「什麼時候也來挑戰一下連續劇」的夢想——雖然只是偷偷想想而已。

⓱富士電視二〇一一年春季週日黃金檔電視劇，阿部貞夫、蘆田愛菜主演，台譯《寶貝的生活守則》。

螃蟹

我不喜歡談論算命或血型，也完全不相信星座、前世或死後的世界。我認為，這一類的東西只會使你脫離眼前無解的現實、人際關係和自身的問題，至少不適宜在電視上談論。

這樣的我，一定完全沒有體驗過不可思議的事吧？倒也不能這麼說。大學畢業那年，我曾獨自一人去奄美大島旅行，由於那是父親的祖父母出生的地方，所以我便在前往真正目的地屋久島時順道往訪。清早坐渡輪到名瀨後，再搭巴士往東，晚上就住在笠利町的國民旅舍。那是個相當冷清的小鎮，傍晚一個人在海邊散步，只有一隻螃蟹引起我的注意。通常感覺到有人接近，螃蟹就會慌張地逃走或躲藏起來，但這隻螃蟹卻高舉著一只大鉗、朝我直走過來，好像我的出現讓牠很生氣，而且不知為何，身體就像剛出生一樣地呈半透明狀。仔細一看，那隻公蟹的背後還有一隻螃蟹，動也不動地橫躺在潮線邊際，看起來已經沒了氣息，而那隻公蟹卻還守護著牠，不想讓我接近。我被牠的憤怒和悲傷感動，立刻轉身離開。

故事還沒完。回到國民旅舍、過了一晚後，隔天清早我不無擔心地再度造訪海邊，但映入眼簾的，竟是疊在一起、相依相偎的兩隻螃蟹屍體。在此之前，我從沒聽過螃蟹這種生物存在固定伴侶關係、有沒有「死」的概念，也不知道這種動物是否原本就具有情感；但是，那兩隻螃蟹的屍體，卻絕對讓我感受到了一種「不應該存在的事物」。

那次的體驗後，如果我能在這裡寫下「再也不忍吃螃蟹」，才會是個美好的結局，無奈不論是在那之前或之後，我都超喜歡吃螃蟹。請息怒。

服喪簡信

二〇〇一年一月一日的上午四時，我看完了《停電的夜晚》[18]。這本小說描寫失去乳嬰的夫婦生活逐漸崩壞的故事，是一部尖銳刻畫人性卑劣的佳作。我在前一天晚上回到母親居住的清瀨，這是二〇〇〇年七月八十歲的父親去世後，第一次只有我和母親兩人一起過新年。由於還在服喪，家裡沒有掛松飾，親戚子女最期待的壓歲錢，都以零用錢的名義在年底提早給了，服喪簡信[19]也早在耶誕節前就全部寄出了。深夜一個人邊在火爐旁取暖邊釐訂今年的計畫、讀小說，清晨觀看山下耕作導演的《闞本的彌太郎》錄影帶，裡面充滿了日本人喪失已久的義理人情之美。

[18] 收於印度裔美國女作家鍾芭・拉希莉（Jhumpa Lahiri）一九九九年出版的短篇小說集《醫生的翻譯員》（*Interpreter of Maladies*）中；本書獲二〇〇〇年普立茲小說獎。

[19] 日文為「喪中葉書」，依日本習俗，當年家中有近親過世，歲末不宜寄送賀年卡，於是向往年都會互寄賀年卡的親友提早寄出「喪中葉書」取代賀年卡，為過年不能致意取得諒解。

午前起床後，既沒去寺廟拜拜，也沒和母親互道「恭喜」，就這麼安靜地——有點過於安靜地——開始這一年。電視上正在轉播的馬拉松比賽，提醒我這是父親每年必看的節目。「至少吃吃壽司吧。」我說，便打電話叫了兩人份的握壽司。母親擔心漏收意外寄來的賀年卡，走到信箱察看後，只帶回一張明信片，而且是父親寄來的。

那是所謂的「膠囊郵簡」（Post-capsule），昭和六十（一九八五）年科學博覽會時企劃製作的，郵簡裝在透明的袋子裡，上面寫著「二十世紀的我寄給二十一世紀的你」。收件者是我的名字，旁邊寫著「請注意身體，建立和樂的家庭」，日期是八五．九．一六。這張明信片，究竟是超越時間寄到，還是超越空間寄到的？我瞬間陷入科幻電影般的錯覺之中，原本過著安靜新年的內心起了小小的漣漪。服喪中收到的一張明信片，讓我不禁思考十五年前及十五年後的景況。二〇一六年我五十三歲。

壽司很好吃。晚上讀《美國的失落》（*Lost in America*），這是一本與我同年代導演們的對話集，討論美國電影失落的事物，非常有趣，讓人分不清到底大家是都死心了，還是批判，或是肯定……。

好像不是只有我在服喪中。

與父親在百貨公司樓上（多半是池袋）。三歲左右。

又住進「茅崎館」[20]這家古老的旅館了。一八九九年創業的這家旅館，從湘南海岸步行約十分鐘的路程上，唯有它像時間停止般聳立眼前。以前電影導演小津安二郎和劇作家野田高梧等人，都曾長期待在這裡，一口氣寫下《麥秋》、《晚春》及《東京物語》等劇本，讓這個地方因此成為一些電影愛好者的朝聖之地。

我成為導演時，環境已經不允許奢侈地長期窩在旅館寫劇本了，更別說我自己也不需要那麼多霉臭味（抱歉）的時間；為了企劃《橫山家之味》而突發奇想地在這裡滯留的那一個星期，老實說也受盡折磨。老舊的走廊地板，光是一個人走在上面就吱吱作響，房間的電燈昏暗，空調設備也不行，整體環境完全談不上「舒適」。但是，住了兩、三天後，卻意外發覺工作起來很能集中心思。早上在天花板很高的浴室泡澡，之後到海邊散步，下午只管窩在房間面對稿紙。由於時序是五月，還沒有到海邊來玩水的旅客，旅館簡直像被我整棟包下來似的。最令人激動的是，每到夜晚，從黑暗的中庭就會傳來白天聽不到的海浪聲。一想到小津導演是否也曾聆聽這樣的聲音，不由得感觸良深。事後回想，身處那種反覆的韻律中，意識和神經全都敏銳起來。就在這些體會下完成《橫山家之味》，總覺得裡頭留存著那段時間的住宿記憶。

算起來這回已是第四次留宿茅崎館，遺憾的是，因為東京還有待辦的事，只能待上兩晚。上次來時，小津先生使用的二號房因為已被訂走而無緣入住，這次則如願以償，多少彌補了無法久留的遺憾。

但是，住進以後的這兩晚，深夜沿岸的國道常有飆車族騎著機車呼嘯而過，引擎聲不時遮斷浪潮聲。現在回想，也算是令人懷念的聲響。如果我的下部作品中出現飆車族，「那是他在茅崎館聽到的聲音……」，您就這麼想吧。

⓴位於神奈川縣茅崎市。

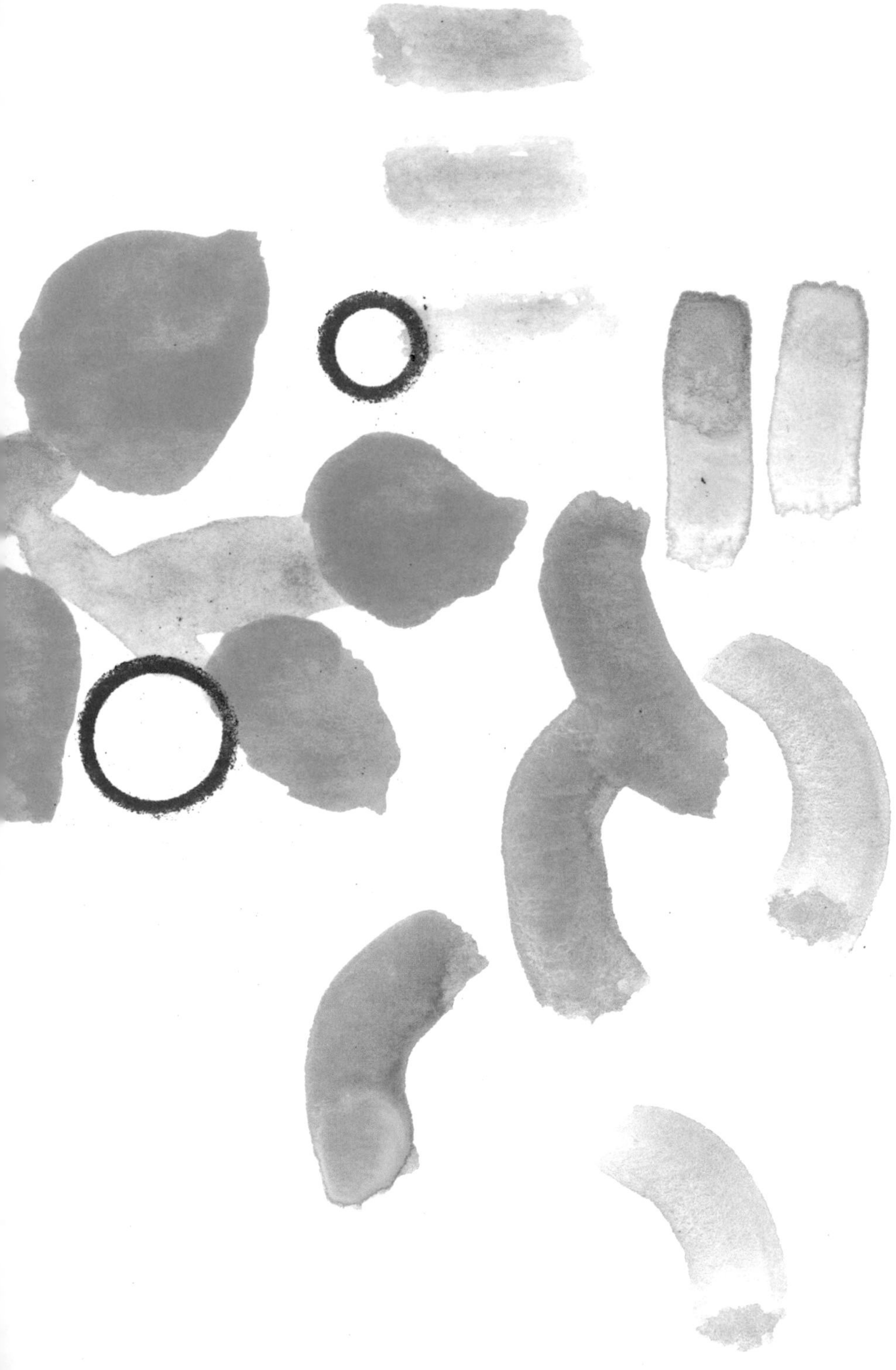

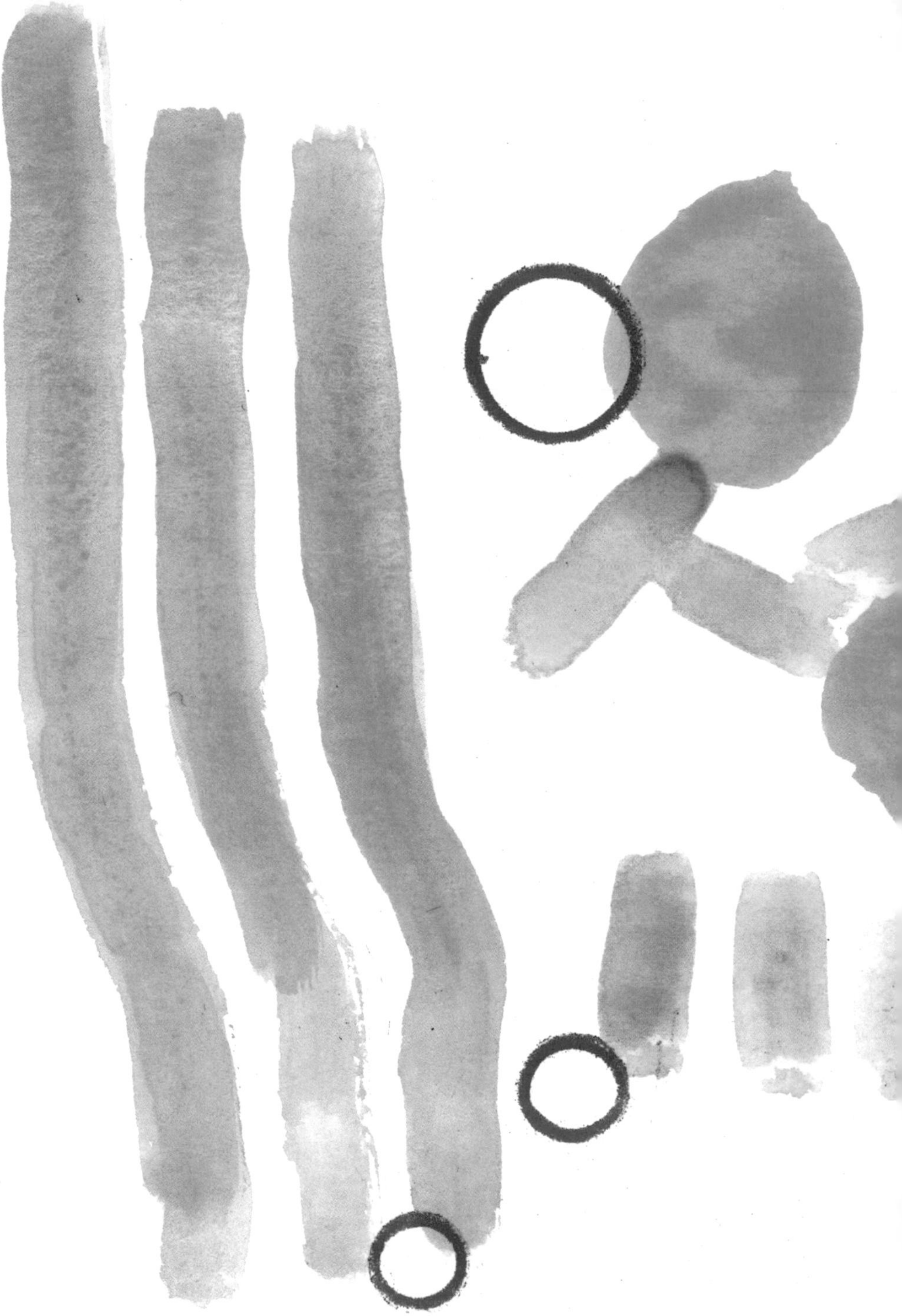

第三章　似遠而近

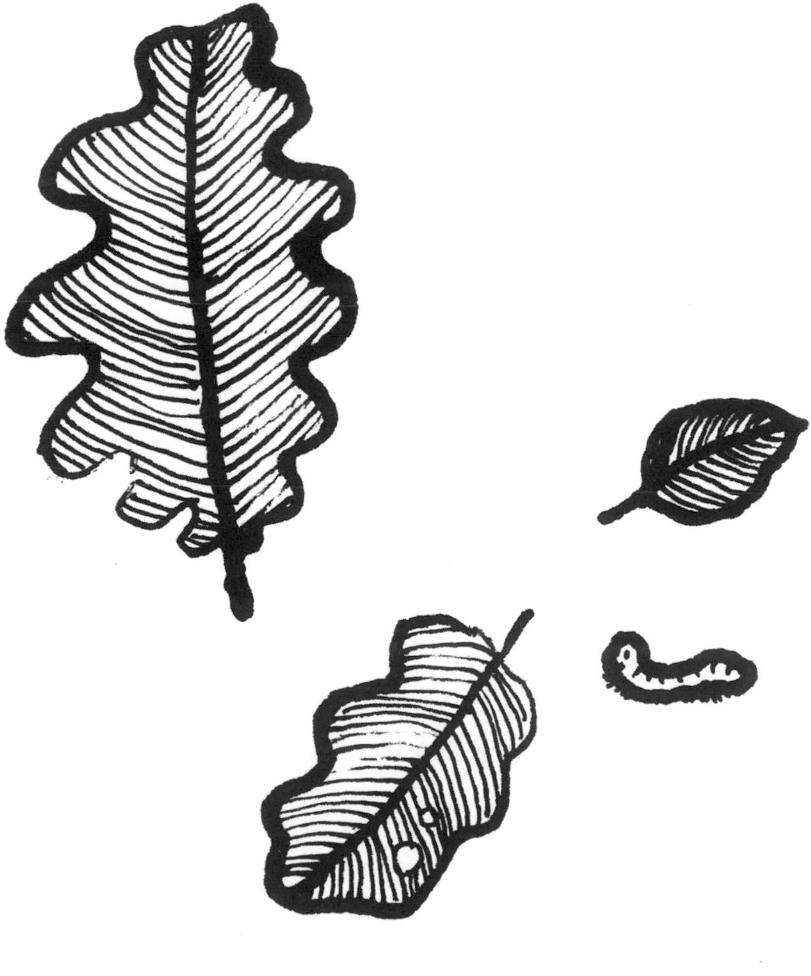

初體驗

我進電影院看的第一部電影，是迪士尼的《飛天老爺車》（The Absent-Minded Professor），電影院的名字倒是不記得了，但地點應該在池袋東口，那時的街道上也還有電車。這部電影最近重拍了，由羅賓·威廉斯主演，劇情從一位怪異的發明家開發了超彈力橡膠「飛天法寶」（Flubber）展開，是部熱鬧的喜劇片。當年觀看時，鞋底貼上飛天法寶的籃球選手，奇蹟似地高高躍起、連人帶球飛入籃框的那一幕，贏得滿場歡呼；加上陰暗的戲院、蒸騰的熱氣，就成了我的電影初體驗。《飛天老爺車》是一九六一年製作的，但我不知道日本哪一年上演，只記得是與《木偶奇遇記》（Pinocchio）同時上片；不過，《木偶奇遇記》也許是重新上片㉑。無論如何，應該是我小學低年級時的往事。

母親是位標準的影迷。好像才戰後不久，身為銀行員的母親，就已常在下班回家途中，跟隨舅舅到有樂町看電影；但結婚後因忙於家務而少有看電影的機會，大多在家觀賞電視，最喜歡的，是在NHK播出、附字幕的黑白美國電影。英格麗・褒曼（Ingrid Bergman）、瓊・芳登（Joan Fontaine）及費雯・麗（Vivien Leigh）這些女星的名字，我都是透過母親知道的，母子倆一起觀看時，母親一定會先告訴我「這個人會被殺」或「犯人是這個」，我只有啞口無言的份，母親反而像個頑皮的小孩子，一直笑個不停。如今回想，那也是有關母親的、最讓我懷念的記憶之一。

當時電視播放的電影裡，我印象最深刻的是希區考克的《鳥》。有一天鳥群突然襲擊人類，是部驚悚的動物電影，但從頭看到最後，還是完全不知道鳥兒為何襲擊人類；後來才知道，就是因為猜不透才倍增恐怖。看過電影，隔天上學途中碰到鳥兒，感覺與先前完全不一樣。一部電影可能改變日常情景的意義，也是我對電影力量的初體驗。

㉑《木偶奇遇記》是迪士尼一九四〇年的作品。

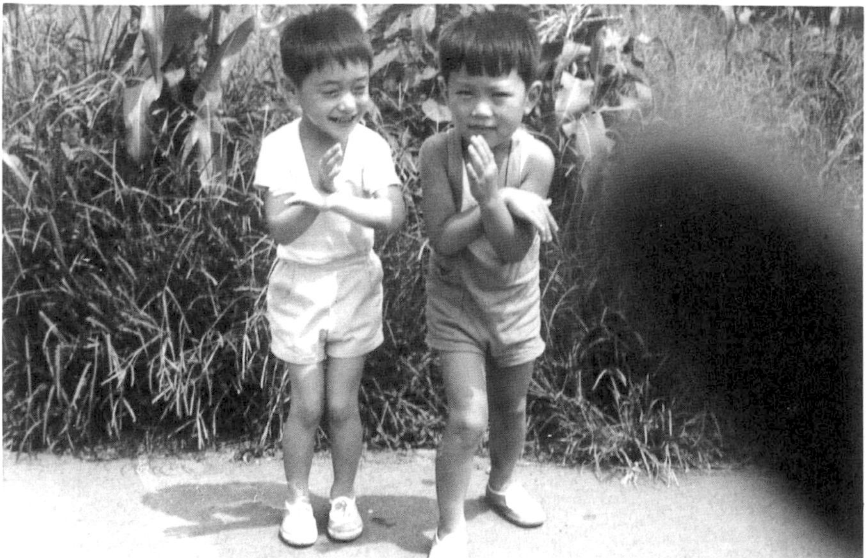

和阿強（左）的合照

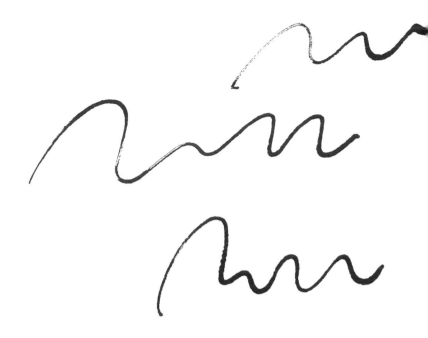

怪獸

小時候的我就非常喜歡看電視了，最感興趣的是TBS的《超人力霸王》（台譯：鹹蛋超人）系列。幼稚園的繪畫課，我畫來畫去都是超人力霸王。母親為我買的怪獸玩具，以及和附近孩子們模仿超人動作的快樂記憶，至今仍猶在眼前。

執導《超人力霸王》系列的實相寺昭雄㉒說，影集中被降伏的怪獸們，事實上就是象徵被高度經濟成長消滅的大自然。的確，今天的我決不會再把超人當成單純的英雄，但當年還太幼小，完全沒有辦法理解，對於超人的正義並無任何疑問。

心境上終於有了轉變，是在看了一九七一年播出的《超人力霸王歸來》與《馴獸者和少年》之後，這兩集都非常有名，概要如下：

㉒實相寺昭雄（一九三七～二〇〇六），導演及製作人、劇作家，電影代表作有《帝都物語》、《姑獲鳥之夏》等。

地點在川崎，少年孤兒和一位老人（宇宙調查員，化名金山十郎）住在河邊廢棄屋，被村裡的人們嘲笑是宇宙人，受到歧視。事實上，真正的宇宙人是老人，少年只是幫他挖掘埋在河邊的宇宙船。最讓我印象深刻的一幕，是一幫村中少年踢翻孤兒準備要吃的一鍋稀飯。孤兒正要撿拾那些沾滿泥巴的飯粒，少年們邊用木屐踩踏邊說：「撿起來吃看看啊，他媽的宇宙人！」最後感到恐懼的村人殺了老人，使得老人（金山先生）的憤怒轉化為巨魚怪獸，而超人並不想打倒巨魚怪獸。這一來，我內心曾經深信不疑的超人永遠「正義」隨即大為動搖。

這個故事究竟點出了什麼樣的社會問題呢？如果你能聯想到撰寫劇本的上原正三，就出生於尚未回歸日本前的沖繩，那麼，影集的主題無疑正是身為日本人一直視而不見、施加自身的「加害性」，竟然出現在兒童節目裡面。

九歲的那個秋天，我確實又長大了不少。

回味

初次造訪九州是在大學畢業那年，算起來已經二十四歲了。先從博多搭電車到柳川，順道經過熊本後前往鹿兒島。後來再乘渡輪到奄美大島和屋久島。旅程相當長遠，但真正的目的地只有一個，那就是鹿兒島。就職考試後，參加某出版社的錄取儀式，碰到一見鍾情的女孩子，想見見她而已（年輕真好）。

但是，我卻不想讓她發現我是刻意去見她。為了演出「旅途中順道經過」的感覺，又計畫之後還要出海去幾個島（小聰明）。滯留鹿兒島期間，她開車載我（真沒面子）到市內的磯公園及櫻島等地觀光。

初見櫻島的印象非常強烈，我完全想像不到，火山竟然這麼靠近市區，就在車站大樓隔海的正對面，每天還會噴出好幾次的煙，但是大家都不以為意。「人類真的挺強的……」是我當下浮現心頭的感想。

那次旅行買的禮物是鹿兒島名產「輕羹」，只用山藥、砂糖和稻米粉製作，有點像長崎蛋糕或蒸糕，屬於簡單的和菓子。可以說甜，也可以說不甜，但對才剛二十出頭的小伙子我來說，入口的味道實在沒什麼吸引力；現在的我倒是成為「輕羹」的忠實粉絲，只要造訪鹿兒島就必定買一些回家。在近作電影《奇蹟》裡，主角母親的娘家設定為和菓子屋，外祖父（橋爪功先生）則為退休的輕羹師傅；而小學六年級剛從大阪搬過來的主角（前田航基飾），則充分體現了我最初對櫻島的驚奇和對輕羹的錯愕。現實裡的我，戀情最後沒有開花結果，但經過二十五年的歲月，那時的體驗化作電影的果實，回味那趟苦澀的旅行總算沒有白費（希望是這樣）。

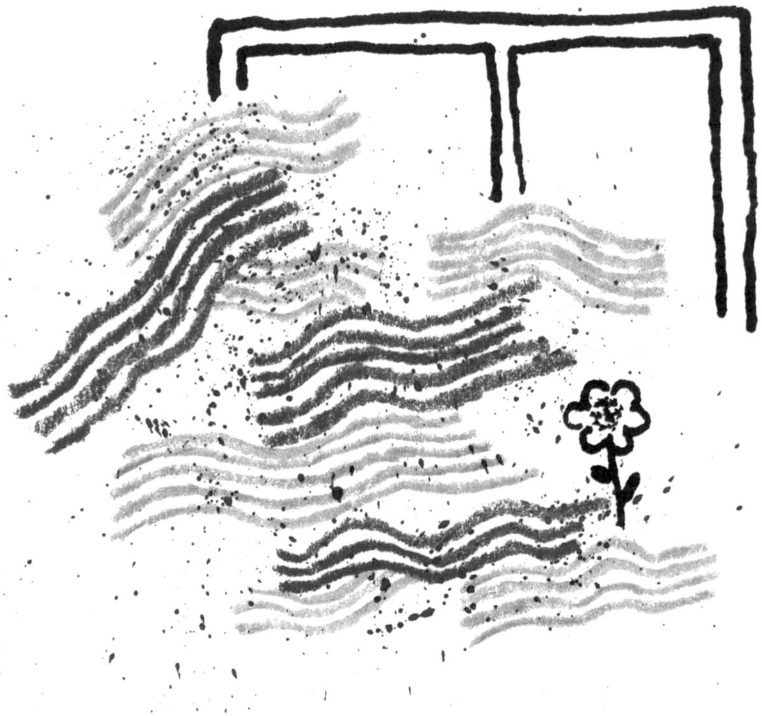

颱風的聲音

小時候的地震記憶只有一次，但印象深刻的並不是地震，而是一起生活的祖父。祖父經常盤腿呆坐在靠近玄關的榻榻米上，地震來時，他非常慌張地衝出去。在我的記憶裡，那天晚上只有這一幕留存下來：地震過後，穿著木屐的祖父帶著驚恐的表情走回屋裡，對母親說：「老人家已經沒事了。」母親當著祖父的面語氣輕柔體貼，祖父不在，口氣就不是這樣了：

「真是的……一個大男人留下女人和小孩，只顧自己先逃出去……。」母親說。

比起地震，颱風的記憶鮮明多了。我的老家是久經風霜、有點傾斜的兩間木造連棟長屋，所以每年一到颱風季節，就有很多工作要做：屋頂要用繩子綁緊才不會被風吹走，窗戶必須一面面用鍍鉛鐵板覆蓋起來。這兩件事，都是平常在家裡不太顯眼的父親的工作。蓋上鍍鉛鐵板後，不但窗外曬衣場對面的整片玉米田都看不到了，六疊榻榻米大的客廳也立刻陰暗起來。對我來說，外頭不斷傳來鐵鎚敲打釘子的聲音就是颱風的聲音。風勢逐漸轉強後，屋子裡就得到處擺上接雨水的臉盆；一家六口把日常生活需要的家當都裝在背包後，就聚集在房子正中央，以便隨時可以逃難到附近教會附設的幼稚園。一邊看著頭上嘎嘎作響的天花板，一邊等待颱風過境，始終是我似遠而近的記憶。

祖父去世不久，因為我們的房子剛好在關越高速公路的建設預定地，只好搬到三臥一廳一廚（３ＤＫ）的國民住宅。現在回想，那裡完全稱不上寬敞，但畢竟是用鋼筋水泥建造的，因此沒有人反對。後來每年颱風來襲時，從窗戶窺視樹木激烈搖晃的母親，臉上總掛著一副欣慰的表情。父母親現今都不在了，但颱風來時我還是會想起鐵鎚聲，內心也總會有點騷動。

原初風景

九歲後搬到３ＤＫ的國民住宅，之前所住的老家，只有六疊和三疊榻榻米的兩間臥房，卻住著祖父和雙親、兩位姊姊和我共六人，所以毫無私密可言。那時的我，當然還沒有所謂「隱私」的概念，但也許還是希望有自己的空間吧，放學回來或吃完晚飯後的時間，好像總是在壁櫥裡度過。台灣電影導演楊德昌的傑作《牯嶺街少年殺人事件》中，就有少年拿著偷來的手電筒，在壁櫥裡度過「孤獨」時光的劇情。看到那一幕的我，立刻想起自己的經驗（哦，原來可以拿手電筒呢……）。當時從沒想到拿手電筒的我，如果不想待在黑暗的壁櫥裡，就會在房間角落掛上白色床單當布簾，既有隔離效果又比較明亮，可以看書。

不知為何，我從小就喜歡看書。母親可能是希望我將來有點出息，經常為我買來野口英世[23]、愛迪生或豐田佐吉[24]等人的傳記。雖然不太有趣，但因為很想多認識幾個字，所以我還是每一本都看完。然而，那時我最熱衷的還是《怪醫杜立德》

（Dr. Dolittle）系列和《西頓動物故事集》[25]等冒險故事，也是我一生當中最有「男子氣概」的時代。

我最喜歡的讀書場所，是有「保存期限」的雪製「冰屋」。現在東京的下雪大多馬上消失無蹤，當時卻只要用空地的積雪，就可以製作相當大的冰屋。雖說是大，其實也只裝得進一個小孩子，所以可以得到完全的孤獨。對東京出生、東京長大的我來說，如果有所謂的「原初風景」，一定就是颱風過後吹倒的玉米田、冰屋（冰屋中的寂靜），以及搬家後住了很久的無機質公寓這三樣。

㉓野口英世（一八七六～一九二八），日本細菌學者。

㉔豐田佐吉（一八六七～一九三〇），日本企業家、發明家，豐田汽車創立者豐田喜一郎之父。

㉕西頓（Ernest Thompson Seton，一八六〇～一九四六），作家，野生動物藝術家，美國童軍的創始人之一。

故鄉

遠赴海外參加國際影展相關活動，一週後回到成田機場，在前往澀谷的接駁巴士裡，看見高速公路對面的東京鐵塔燈光，這才放下心來（總算回來了……）。「人絕非只有自然的風景可以慰藉心靈」，那是略帶寂寞的瞬間，心頭浮現的感觸。

九歲時舉家遷入的國民住宅，整整住了將近二十年，搬家之初，老家庭院栽種的牽牛花及波斯菊，變成了公寓陽台的盆栽這件事，確實讓我有些落寞，但一想到從此可以擁有自己的房間，便立刻接受了那裡的生活。那時的新家雖在東京，但很靠近埼玉，是建於昭和四十二（一九六七）年，總數超過兩千戶的巨大社區。社區周圍雖有農家，「西武社區」也已在建造之中，學校的同學幾乎都住在這個社區裡。外表看來或許會覺得整齊劃一，但生活空間仍有差異。同樣是租戶，還是有二房及三房之分；另外，隔著道路還有一區透天厝，擁有整理得漂漂亮亮的草皮，住在那裡的小孩子都被稱為「獨棟的小鬼」。後來我才知道，原來這句話是指他們是小學三年級孩子中的少數派，「那些傢伙家裡有草皮卻不能在草地上玩，好可憐喔。」是讓我想笑卻笑不出來的記憶。

在獨棟住宅成長的母親，住公寓總是不習慣，「暫時居住」的感覺似乎一直消除不掉。令人傷感的是，這個社區竟然成為父母親最後的居所。我自己離開那個社區已經二十年，無親可依也已五年。每一想到我可以稱之為故鄉的地方，已經不存在這個世上，就會頓時落寞起來。對我的孩子來說，現在居住的公寓，日後能否說是「故鄉」呢？我除了有點不安，也想在電影裡將這樣的感情描述出來。

自行車

再談一下社區的事。當年我居住的青瀨社區，周邊雖然多少還有一些建設，但仍保留相當多的自然環境；一腳踏入雜亂的林間，就可以抓到鍬形蟲或金龜子。即使是四十年前的東京，也還是可貴的體驗。我們一夥人總是盡可能深入林中，尋找大樹，而踢樹幹的工作就落在身材魁梧的大澤同學身上，其他人只管撿拾他踹踢過後、紛紛落在草地上的昆蟲。捕捉到的昆蟲則大多是抓出兩隻來互鬥廝殺，我始終不喜歡這種時刻，就在林地邊緣和大夥告別，獨自回家。我知道男生們會認為我是「膽小鬼」，而我還是寧願以生理上的厭惡感為重。

五年級時，家裡幫我買了一部握把向下彎曲的越野單車，後面貨架左右各有一個袋子。有了單車之後，我的行動範圍便寬廣多了，甚至於可以前往五丁目的樹林（我們住在二丁目）進行探險。五丁目的樹林不但遠大於二丁目，據說裡頭還住著一位沒人見過的男人。某天放學後，我們便先到超市各買了一個十圓的巧克力米菓當零食，再騎著自行車前往林間，尋找那個男人。樹林裡十分陰暗，進去沒多久便看不見背後社區的白色建築，大夥都惴惴不安。大約又走了幾分鐘，來到有點像是空地般的地方，我們發現了一頭牛的白色骨骸。大夥二話不說、轉頭就溜，我甚至記不得到底是怎麼回家的。大概是附近農家飼養的牛生病死掉了吧，但大家都寧願相信是住在樹林裡的男人殺去吃的。結果是，直到都已成為國中生了，也一次都沒有碰過那個傳說中的男人。

幾年前我搭車經過，那片樹林邊已經成為設有各種運動設施的自然公園。話說回來，儘管再去「冒險」仍有樂趣，但「吃牛的男人」已經不存在想像之中，還是有點寂寞。

草莓

小時候過生日的記憶並不特別鮮明，平時想要看書的話，母親即使有困難也會買給我，是枝家也不習慣在生日或耶誕節等特別的日子互贈禮物。我們既不相信耶誕老人的存在，也不會在飯桌上談論這類話題。其中緣由，或許是我的父母都是大正時代（一九一二～一九二六）出生的，而我又是他們很晚才生下的孩子。

不過，因為母親的生日是十二月二十四日，因此很容易記住。我讀小學的時候，母親一直在附近的不二家蛋糕工廠打工，下班時都會帶些有瑕疵的奶油餐包，或已經變形的巧克力蛋糕回家。雖然那已是不可多得的下午茶點，但我最喜歡的是水果蛋糕。大概是因為不太容易變形或大家也都想要，總之很少看到。所以，只有在母親過生日吃到的形狀完好的草莓蛋糕，對我來說便成為一種特別的東西。

談到草莓，幼稚園時，最要好的朋友阿強家裡開理髮店，去他家玩，才第一次學會將草莓泡在淋上煉乳的牛奶裡吃。「這樣子啦。」阿強教我用湯匙戳破草莓，而且吃完所有草莓後再喝留下的粉紅色牛奶，美味得令人驚豔，不能不與家人分享，所以一回家就馬上告訴母親。但是與阿強媽媽關係不好的母親卻不以為然，「草莓光是自身的甜味，不加任何東西就很好吃了。」母親說。

但是，不久是枝家的食器籃子裡也擺上了底部平滑的湯匙。我不知道為何我們一直不用煉乳，而是用砂糖混合牛奶吃草莓，但比起任何蛋糕，草莓牛奶一直是我心中最好的午後點心。

雖然是很個人的事，今天，六月六日是我四十九歲的生日。要不要回家做做盼望已久的粉紅色牛奶來喝呢？

為了好吃的零食，與阿強（右）去拉祭典的神轎。

懷念

此時此刻，我來到台灣的台北。一九九三年初次造訪這裡，是為了配合侯孝賢導演的電影《戲夢人生》在日本上演，幫電視台做一個專訪；後來由於自己的電影上演或台北舉辦影展，恐怕已經來了不下十次，是讓我最感親切的海外城市。

除了多次來訪，讓我備覺親切還有其他理由。我的父親，是在離台北很遠的南部城市高雄長大的，所以他小時候經常被問道：「你是台灣人嗎？」二戰之前的日本殖民地時代，祖父從老家奄美大島渡海來到台灣，父親就在這裡出生。父親喝醉時經常提到他的「故鄉」、學生時代多常踢足球打網球、香蕉有多好吃。他經常談起那時的事，但我之所以只記得這麼多，是因為包括我在內，家裡沒有任何人認真地聽父親談他的「回憶」（抱歉了）。從台灣的學校畢業後，父親便前往中國大陸的旅順工作，以現在看來相當「國際化」，可是在當時的日本，這樣的情況並不算特別。後來父親應召前往戰場，戰敗不久就被入侵的蘇聯軍隊帶往西伯利亞強制勞動，度過一段波濤洶湧的人生。對這樣的父親來說，台灣時代（和殖民地沒有關係）或許是他生命中唯一快樂的「青春」，就像觀賞《童年往事》或《戀戀風塵》等侯孝賢初期的作品，帶給人的某種追憶之感。我想那是影片中殖民地時期的日式房屋，以及故事裡所描述的家族關係，引起類似時光倒流的感覺；而我還要加上「啊……這就是父親所說的風景嗎」這種感慨，在雙重的懷念及愧疚之中接觸侯導的作品。

來到台北，第一天晚上直到天亮都睡不著。以前經常看到通勤途中的男女上班族，在路邊攤吃早飯的光景，現在少了許多。去找看看吧，很好吃呢。

第四章　談演員

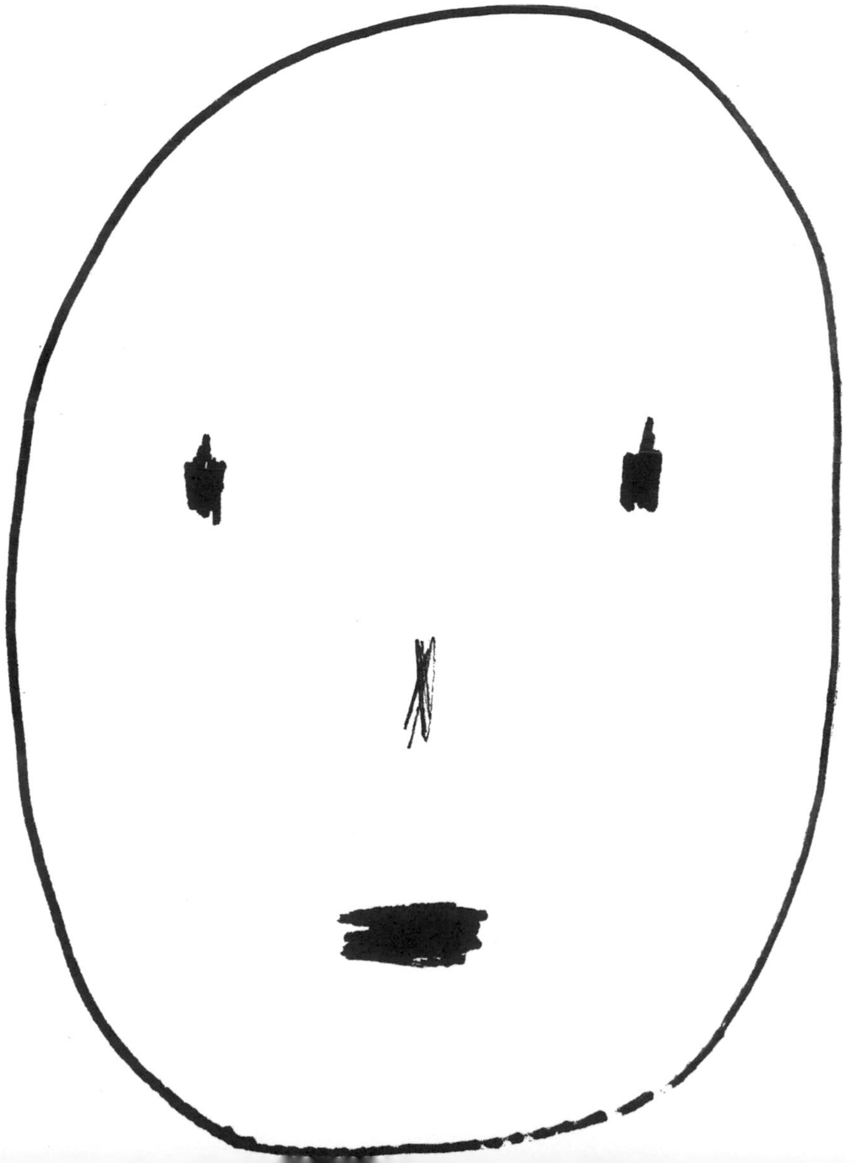

喂，那個拿來

我原本是從拍攝電視報導節目，開始和影視界有了關係。拍攝劇情片以來，最感困惑的是演員這種東西，記錄片的現場並沒有演員的存在（當然了）。我並沒有在嚴格的導演指導下按部就班地做，也不知道「導演」到底要做什麼事；即使現在也不知道，就這樣做了十五年。

導演並非只是指導演技，十位導演就有十種可能，如此曖昧。但如果是我，目標只有一個，就是明快。無論電影所描述的時間之前一天或隔天，那些人物都活生生的在那裡。我想做到的是，走出戲院的人感受到的並非只有劇情的範圍，而是能想像劇中人物的明天。為了達到這個效果，導演、編劇、剪接都是不可或缺的，這一點也不誇張。

例如劇本。妻子對丈夫說：「喂，〇〇（名字），剪刀拿來。」光是文字讀起來很普通，但在實際的房間裡演出，則需要較多的說明。首先只有兩個人的話，就不必彼此叫名字。「剪刀」這個詞，如果東西看得到，就可以改成「那個」，用兩隻手指比出剪刀的手勢即可，最後留下的台詞只有「喂」就好了。這麼一來單單一行的台詞成為真實生活的語言，開始活在空間裡，最後連空間都活了過來。

我作為導演，就是和演員一起發現這樣的語言和動作，所以劇本都盡可能由自己來寫，然後在攝影現場毫不吝惜地刪節。能夠這樣才是編劇兼導演的最大目的。最理想的是在記錄片中那樣的一般人。對充滿表演欲的演員來說，或許覺得不過癮，但仍有不少喜歡我這種編導風格的演員再三與我合作。我想從下一頁開始描述，這種與演員一起嘗試錯誤的奇特過程。

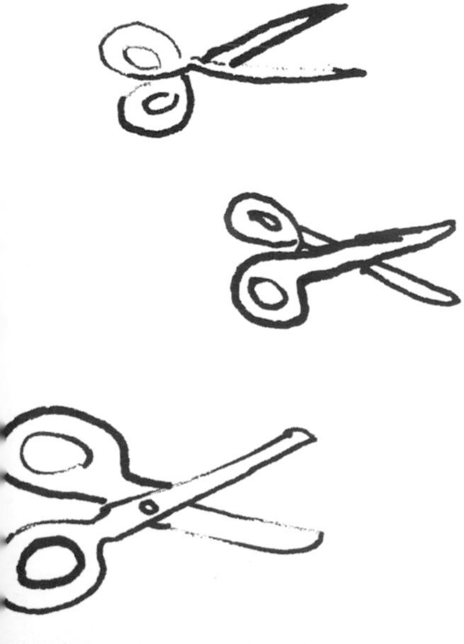

背景

我從以前就是樹木希林[26]的粉絲，她演出如篠田正浩導演的《私奔盲女阿林》中的旅行藝人，或ＮＨＫ連續劇《花之遍路》等我都很喜歡，但最精彩的莫過於在《時間到了》和《寺內貫太郎》的表現，那是劇作家向田邦子和編導久世光彥兩位黃金搭檔的作品。

首次共事是在拍攝電影《橫山家之味》的時候，她擔任主角阿部寬的母親一角。有這麼一幕，當許久未返鄉的兒子站在玄關前面說：「有人在嗎？」母親回答：「來了，哪一位啊？」邊從廚房走出來，跪在媳婦的前面帶點拘謹地作揖說：「歡迎歡迎。很熱吧。」我想描述這種極其平常的生疏對話下，三人三樣的「返鄉」場面。兒子夫婦正要走向客廳，忘了穿準備好的拖鞋，這時希林女士突然拿起拖鞋彎著身子追在三人後面。這段當然沒有寫在劇本裡，喊卡的攝影師山崎先生對我喃喃地說：「太棒了……那個彎腰的姿勢。」真的是大家記憶中的母親姿勢。

我請希林女士擔任新作《奇蹟》中與主角一起在鹿兒島生活的外婆。開鏡前一天，她邀我去吃壽司，一坐下來，罕見地在桌上攤開劇本，讓我有點錯愕。

「我想導演你應該知道……總覺得大人的鏡頭有點多了。這一段大人並非重點，你找的都是用背部就能表演的演員，所以沒有必要拍攝臉部特寫吧。」

這一句話決定了我這次拍攝的態度。這麼稱讚她並不為過。不單是自己本身的演技，她的建議甚至考慮到電影整體的節奏和平衡。即使即興演出也不是臨場反應那麼簡單。那天晚上我再度見識到她的厲害。

❷❻ 樹木希林，著名演技派演員，活躍於舞台、電視和電影，代表作有《東京鐵塔：老媽和我，有時還有老爸》、《橫山家之味》、《惡人》、《我的母親手記》等，先後獲得日本電影金像獎最佳女主角、最佳女配角各兩次。

自由

電影《無人知曉的夏日清晨》的母親角色，挑選難產。試鏡選出的四個小朋友都沒有演出經驗。我很擔心如果再搭配資深的女星，彼此之間的壓力可能會很大。在這種情況下，有一天我無所事事地觀看深夜的綜藝節目，注意到參與演出的一位女性，絕妙的反應，有種疏離的現代感，從對話裡看得出腦筋動得相當快，年齡上也剛好（雖然不知道幾歲），這就是ＹＯＵ小姐㉗。我隔天早上立刻聯絡事務所安排見面，地點在澀谷某飯店的咖啡廳。

「我討厭每天到同樣的地方，馬上就膩了……。」她說話獨特的聲音和語調，乍聽似乎不想演出，但我心中已經決定非她莫屬，所以認為她只是有話直說而已。

「我討厭背台詞啊……。」

㉗本名江原由希子，藝人、歌手。

「這樣，小朋友並沒有給劇本，ＹＯＵ小姐也照辦囉，我當場口頭提示你們就好。」

聽我這麼一說，她回答：「那或許可以……。」

這就是一切的開始，在電影《橫山家之味》中由她飾演主角阿部寬先生的姐姐。劇本是事先交給她的，但看不出她在家翻過的跡象。不僅如此，ＹＯＵ小姐最厲害的是反射神經，攝影現場出現一點空白，能用即興的一句話補上。「還沒嗎」、「那是什麼記錄啊」等突如其來的台詞，巧妙地插話以掌控現場的節奏。後來我誇讚她，「感覺和在綜藝節目進廣告之前三秒鐘應該說什麼一樣，那是我最拿手的啊。」她說。就是這麼自由自在。

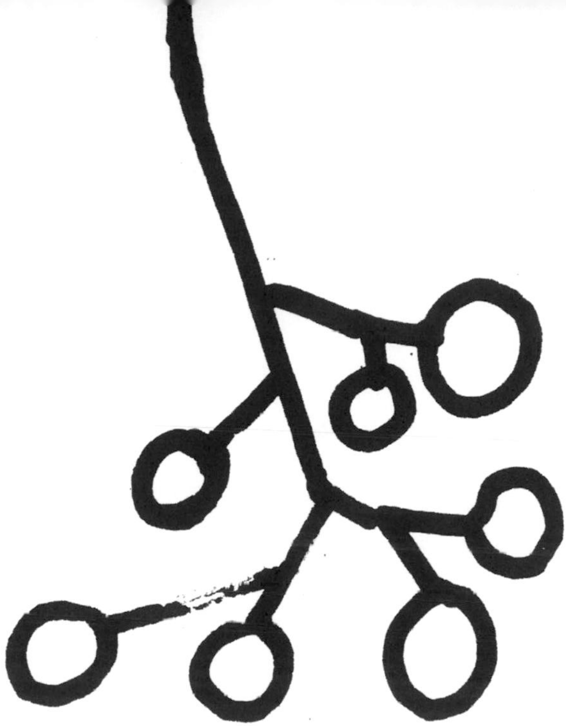

絕交

和夏川結衣認識已經超過十年，第一次見面是在《這麼…遠，那麼近》這部相當實驗性的電影。只設定好概念，台詞則由演員自己想怎麼講，這樣的形式。

「我在攝影機前，從未說過腳本以外的台詞。」面對困惑的她，我半強迫地誘導說：「試看看吧。」我想這對她來說是相當殘酷的體驗。拍攝快到後半的某日發生了一件事：夏川小姐針對演對手戲演員的問話，說出自己和離家出走丈夫（遠藤憲一）的辛酸回憶，眼淚一滴滴掉下來的同時，還得一邊想怎麼說話。

「導演說的就是這樣吧……。」當天拍攝結束被她這麼一說，我打從心裡想「誘導她是對了……」，就像昨天發生的事。

但是她似乎還是不太喜歡拍攝開始又變更台詞，或突然增加場景（那是當然囉）。電影《橫山家之味》請她飾演主角阿部寬先生的妻子，那時幾乎每天變更台詞，每次我都拿著手寫劇本的影印敲控制室的門。接過劇本的她緩慢轉身過來，帶著微笑及令人著迷的酒窩說：「下次再這樣就絕交囉。」

兩人約定以後當日的變更最多三次。這次電影《奇蹟》請她飾演和主角一起出遊的少女惠美（演員本木雅弘的女兒內田伽羅飾）的母親，十年時間的功力，讓夏川小姐宛若一位編導，導引出女兒的自然表情和對話。不過還是笑著說「絕交喔」的夏川小姐最美。我想在電影的銀幕上重現那張笑臉，但又恐怕這麼做真的會絕交，所以現在仍未實現。

什麼都沒做

拍攝《奇蹟》時初次和橋爪功先生合作。談到橋爪功，就是早些年在森田芳光導演的電影《廚房》，或最近野田秀樹先生的舞台劇裡，那位感受不到年齡（抱歉）、運用輕柔台詞及身段，令人留下深刻印象的資深演員。他出身的「文學座」劇團，現今仍是演藝界的重鎮。他是否能夠接受現場隨時變更台詞的拍攝方式，老實說我內心有點不安。

第一次見面我確實有些緊張。我沒有給小朋友們劇本，因此他們不知道劇情的發展。我當場說明，台詞由我口頭給，請他直接回應就好。橋爪先生默默地聽著，表情完全沒有變化。

「那麼小朋友沒有背台詞的必要囉……。」

「是的。所以現場要花點時間……。」

「那太好了……，我也可以吧……。」

說著初次咧嘴笑了起來。我記得那個笑，充滿天真慧黠，非常有魅力。

現場表演是壓軸。相對於舞台上的輕盈靈動，他幾乎不動如山，甚至連手、腳及眼睛也一樣。我一直注意著他什麼時候動起來。即使是攝影機擺在正面拍攝特寫，他只有一句話：「什麼都不會做喔……。」然後又咧嘴笑起來。真的什麼都沒做嗎？並非如此，一切都在細微的動作與動作之間表現出來；還有台詞與台詞之間，也在動起來之前利用延長或縮短靜止的一點時間，巧妙地分別演出困惑、優雅、怪異。削減再削減，卻不會完全靜止。我希望觀眾能夠體會他與小朋友互動中那些隱微的表演。

傾聽的能力

電影《奇蹟》進入宣傳期，和主演的「前田前田」二人組㉘巡迴全國各地。那是在福岡影友會發生的事：哥哥航基在司儀介紹後開始說話，運用了大人都汗顏的語彙，極其流利地述說電影的可看性及初次演出的感想，引起會場一陣騷動。接著拿麥克風的弟弟旺志郎被問到「演出這部電影有任何改變嗎」，先是一臉困惑，最後簡單迸出一句：「沒什麼改變啊。」當會場響起一陣輕快笑聲時，他又馬上張大嘴巴說：「有啦，牙齒長出來了。」電影拍攝期間，門牙兩邊的空隙確實都完美地長滿了。這時會場再度爆笑開來。有了這兩位絕妙組合的兄弟，這次的宣傳活動讓我輕鬆不少。

㉘日本雙人相聲組合，由前田航基、前田旺志郎兩兄弟於二〇〇七年組成；二〇一一年演出《奇蹟》時哥哥十三歲，弟弟十一歲。

初次見面時，對兩兄弟的印象同樣是活潑、可愛，航基的演技力道則是出類拔萃。不知道是第幾次試鏡，我要他演出與扮演父親的助理，背對背坐著拿手機講話。父母親離異，現在和父親分居兩地，小孩想辦法要讓父親和母親重修舊好。劇情的設定如此而已，也沒給他劇本，而是由我口頭告訴他台詞。

「想要她回來動作就快一點吧！」

「怎麼了，你媽有喜歡的人了？」父親說。

「如果你這麼在乎，自己去問不就好了。」

只有一分鐘左右的演出。通常我要求試演，大多數的小孩子只會盡心盡力背自己的台詞，卻弄錯順序，航基則完美地演出與父親的對話。令人驚訝的是，他連父親的台詞都記住了。難道是他活用相聲演出的經驗？我不知道，但具有從容傾聽對手台詞的能力，才是演員最重要的條件。我看了航基的表現後，確信得先有傾聽、理解的能力，才具有對話的能力。

不行耶

再談前田前田兩兄弟。弟弟旺志郎似乎是個能將次男特有（？）的自由奔放、天真爛漫表現出來的男孩子。結束一天的拍攝，回旅館的巴士上，助理們已經疲憊不堪想睡覺，但只要有旺志郎在場，自然笑聲連連，下車時，精神就恢復了不少。「真想帶你回家。」即使大家這麼說，他也點頭答應，是個相當樂觀正面的男孩子。

老實說，一開始對他的演技並非很清楚。有一次試鏡，我要求他演出底下的劇情：兒子向父親索討冒險所需的四千圓，心想的卻是冒險以外的其他理由。由於兒子知道父親背著母親去打柏青哥浪費錢，萬一要不到就想把這件事攤開來。試鏡時我請助理扮演父親。

這次的試鏡也兼做取材，打算如果能從小孩子的身上得到好的構想，就將它放在劇本裡面（太狡猾了）。其實有很多構想就是這樣瞬間迸出來，讓我在旁邊激動得不得了。

「想讓父親看我很帥氣的模樣，所以想買足球鞋」、「朋友丟了錢很苦惱」、「在學校把女孩子的漂亮衣服弄髒了」等等。

話說旺志郎，在父親（角色）的旁邊喃喃自語一陣子，幾次被說「不行」後，出乎意外地爽快放棄，半帶著困惑的笑臉回到我這裡說：「不行耶！」這幾乎是犯規，但就因為一句「不行耶」讓在場的人笑翻天，大家都還想再見到他。

於是就在不確定的因素下決定用他了。但是，開拍後他卻令人大吃一驚，發揮十分優異的專注力，以小田切讓先生（飾演父親角色）為對手，展現出完美的演技。我想光是擷取那份天真爛漫就足夠了。真是值得高興的一次失算。

渲染

談到電影的主角，多數人會認為是最常出現在畫面的人。的確，以結果論來說，大多是如此，但我有一點不同的想法。

主角指的是即使沒有出現在畫面，也能掌控整部電影的人，這種說法有點酷吧。那到底掌控什麼呢？就是電影的聲調、韻律和節奏等。到底是什麼韻律呢？亦即台詞、動作、感情，或者有時是剪接。是不是越來越搞不懂……。換言之，和站在攝影機旁邊的導演同時呼吸的人，稱之為電影的主角，至少我的電影是如此。那時最重要的（這也只限於我）並非演技或臉孔，而是聲音。我喜歡厚實的聲音，說明白點就是像宇多田光的聲音，餘音渲染的部分能夠表現各種感情，所以言語本身不注入感情也無妨。重點是台詞結束後的「……」具有餘韻。這決定了電影裡那個世界該有的調子。

初次用自己原創劇本拍攝的電影《下一站，天國！》是部奇幻電影，描寫死者在前往天國的前七天裡，尋找人生中最重要的回憶。井浦新先生扮演在死者進行回憶的設施中工作的職員望月（主角），他也因為這部作品而踏上演員之路。當然他具有透明感的容貌，使他非常適合扮演類似天使的角色，但最讓我感興趣的是他那厚實的聲音。

對電影來說，扮演死者角色的像記錄片那樣的一般人說話，是很重要的。井浦先生並未出現在畫面，而是坐在攝影機旁邊訪問死者。我的創作與他聲音的韻律，以及寂靜同步進行。雖是有點老的電影，還未看過的朋友務必試試。

巴士

電影《奇蹟》的主角，是兩位因雙親離婚而分別住在鹿兒島和博多（福岡）的小學兄弟，為了讓兩人擁有共通的活動，於是設定他們都會去上游泳課，其實這個主意是來自主演的「前田前田」兩兄弟都在學游泳。當初的構想是，住在鹿兒島的哥哥游泳課結束後搭市區電車回家，但在選擇場景時變更為巴士，因為市區電車的窗戶不能打開。

「窗戶不打開絕對不行。」

助理們訝異地看著頑固的我，但我無論如何都不退讓，是有理由。

話說我小時候很有運動天分，跑步快、躲避球也很擅長，但由於打預防針後呈陽性反應，小學一年級的游泳課都只能在岸上觀摩。起步較晚的結果，是游泳一直成為我的弱點。小學五年級的某個夏日，和朋友們到豐島園的游泳池遊玩，下水也就算了，竟逞勇跳進水深兩公尺的大人用池，差一點就淹死，幸好被大澤同學的父親救起。因為這次的「事件」，我決意到當地的游泳俱樂部學習游泳。游泳結束，在前往清瀨車站的途中，到一家站著吃的麵店吃天婦羅麵，再搭開往旭之丘住宅區的巴士。當時還沒有冷氣車，因此夏天一定打開車窗將濕頭髮吹乾，這是最爽快的事，所以無論如何都要讓電影《奇蹟》的主角體驗這種「好心情」。主角前田航基的頭髮短翹，我透過螢幕看著晚風吹拂短翹的頭髮，依稀聞到一股遙遠記憶中的海味。

最後我總算學會自由式的換氣，在進入國中後能夠游到二十五公尺。

電車

六月四日（二〇一一年）新推出的電影《奇蹟》是以九州新幹線為主題，配樂則求助於「Quruli 團團轉樂團」的岸田繁先生。幾天前，和岸田先生一起出席門司港車站所舉辦的電車四五八系列的解體儀式，如同傳聞他確實是位鐵道迷。被問到電車的魅力時，他只說一句：

「它並非個人可以獨享的東西，其中充滿浪漫氣氛。」

的確，大富豪可以輕易擁有私人飛機或遊艇，只有電車不太可能。這種交通工具本來就是背負著與他人共乘的宿命。

「太深奧了……。」我不知不覺在旁邊喃喃自語。

鐵道拍攝迷、乘坐迷等，各式各樣喜歡電車的人，它的魅力也是形形色色，但對我來說，最大的魅力在於乘坐時創意不斷浮現出來，這是個非常不浪漫的理由，卻擺在第一。我也不知道為何沒有其他地方像在電車裡下筆那麼容易，遠勝於第二名的場所「深夜的家庭式餐廳」，且數十年來一直穩坐第一名。製作《橫山家之味》這部電影時亦復如此，劇本的構想是在東京前往京都的新幹線上想出來的，並在第四趟往返東京的旅途中寫完第一稿。現在新幹線在我創作電影時不可或缺。

我向岸田先生提到這件事，他回答說：「我的旋律和歌詞都是在散步時想出來的。」

（原來如此……）我能理解他的說法，因為「團團轉」搖滾樂團的曲風真的和移動的場景很搭嘎。電影《奇蹟》描述分別住在博多和鹿兒島的孩子，瞞著父母親去看新幹線首發列車。當然靈感也是出現在新幹線列車上。後來在寫孩子們發現鐵道線路而奔跑的場景時，突然腦海浮現出「團團轉」的音樂。至於製作完成的電影中，兩種移動會如何交互重疊呢？

敬請期待。

欺瞞

描寫小孩子的電影，印象最深刻的其中之一是《鷹與男孩》（Kes），一九六九年在英國製作，導演為肯．洛區（Ken Loach），多年後的九六年在日本上演。劇中與家庭及學校疏離的一位少年，撿到一隻紅隼的幼鳥回來飼養，是個非常單純的故事。讀資料時，發覺演主角的那位少年並非職業演員，實際拍攝時是位高中學生。整部電影中，他的表情幾乎沒有變化（這位少年真了不起），當他在教室談論紅隼時，幾乎可以說是唯一有著生動表情的地方，那表情之美令人屏息。攝影機謹慎、謙虛地拍下那位少年與紅隼的生活。

事實上這隻命名為Kes的紅隼大難臨頭，兄弟感情不好的哥哥在弟弟（主角）不在時殺了牠，並且將牠丟棄。導演肯．洛區在這裡做了一些不一樣的安排。主角從學校回來，導演僅僅提示他說：「紅隼不見了，去找找看。」弟弟發現紅隼在垃圾筒裡面，但他並非緊抱著屍體痛哭，而是逼近哥哥，邊用一隻手甩動那隻紅隼。這一幕完全看不到傷感，而這種鮮明至極的真實感則得自於導演的刻意安排。

後來有機會直接會見洛區導演，二話不說當面問他：「用欺騙小孩子的手段來獲得演出效果，不會感到不安嗎？」「沒問題，因為已經長時間建立了彼此的信賴，即使一時傷了感情，我有自信最後仍會恢復過來。」他冷靜地笑著說。

其實我也曾在《無人知曉的夏日清晨》電影中，試著使用類似的欺瞞（？）手法。場景在商店街，我告訴飾演弟弟的演員，只要和朋友玩遙控玩具即可——就是這一幕。這時因擔心而走過來的哥哥突然對弟弟大發雷霆。被罵且遙控玩具還被踢掉的次男罵了回去：「不要拿東西出氣！」我認為兄弟間這種緊張的一來一往，絕非事先安排的台詞可以說出來，您說呢？回家的途中，以為真的被罵的弟弟，在車裡一直背對著飾演哥哥的柳樂優彌，但那天拍攝結束後彼此又和好了，讓我鬆了一口氣。

第五章　媒體之間

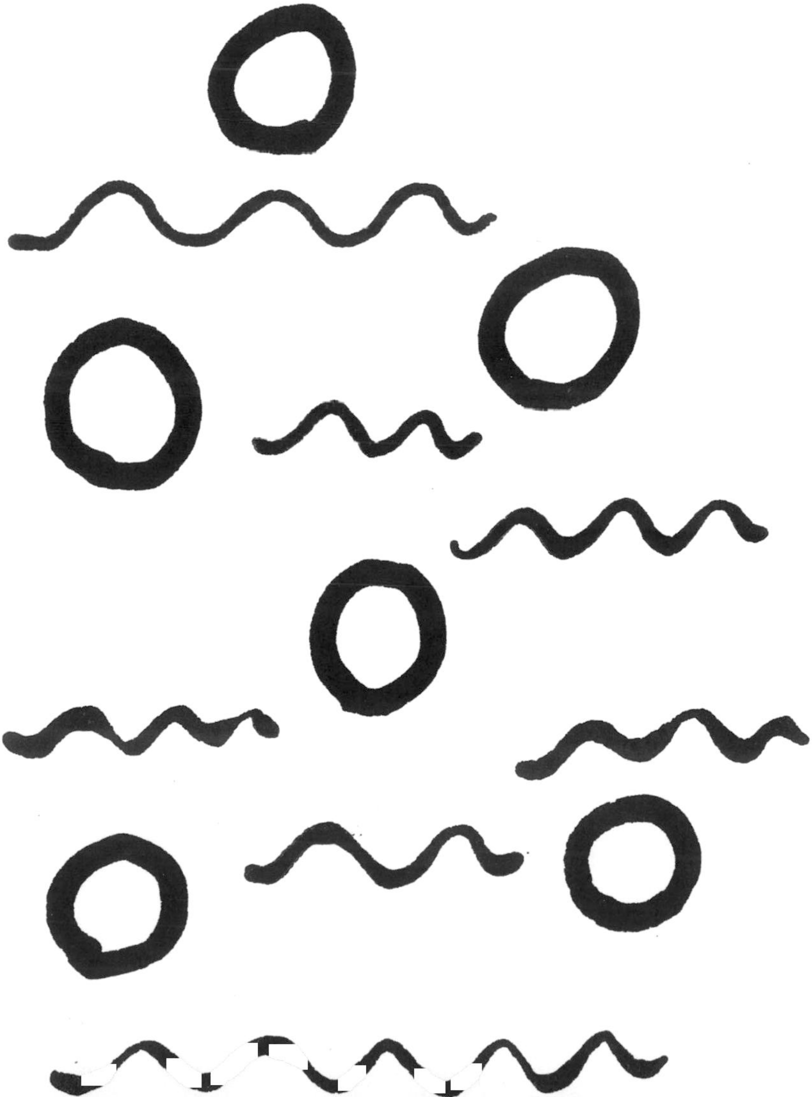

「憤怒更勝格調」的氣勢

出席坎城影展麥可・摩爾（Michael Moore）的《華氏九一一》（Fahrenheit 911）上映會，當時感受到的會場氣氛，即使現在回顧起來仍覺得怪異。觀眾先是全體起立，迎接出現在會場內的導演麥可，放映結束後更拍手讚賞他的勇氣，長達十分鐘之久。我也和其他觀眾抱著一樣的尊敬加入拍手行列，但漸漸地，某種厭惡感在我的心中湧上來。

影片裡一出現批判布希總統的橋段，會場就同時響起笑聲和掌聲，但我認為，這些掌聲和觀眾對摩爾本人的激賞，完全來自不同的感情。坦白說，放映時所引起的笑聲近於揶揄，我感受不到優質的理性，也因而產生厭惡感。他們理應最輕蔑的是，布希在愚弄對方時所展現的嘲笑缺乏品行，竟和這種揶揄在某些地方具有共通性，正是我憂慮的地方。應該拿來反省自己的溝通能力，卻是轉而把對方當成沒有理解力的笨蛋。如果缺乏同理心的卑劣態度是布希的本質，那我堅決認為，也絕不應該採取以牙還牙的態度；這樣的決心才是真正的「反布希」。

由我執導的電影《無人知曉的夏日清晨》，描述的是被母親遺棄的四兄妹，在東京單房公寓生活一年的故事。在坎城上映的四天裡，我接受了將近八十家媒體的採訪，再三被問到並指出「你對電影登場的人物沒有道德性的裁判，甚至沒有指責遺棄孩子的母親」。我的回答是：「電影的存在並非為了審判個人，導演也不是神或法官。在電影裡安排壞人的話，或許劇情（世界）會更明朗，但我不想這麼做。我想讓觀眾從這部電影發現自己的問題，回去後能夠不時反覆思索。」我相信，這或許才是面對麥可．摩爾，或其他類似作品的正確態度。

事實上，我並不覺得《華氏911》是一部記錄片，因為無論影片的目的有多麼崇高，拍攝之前便先有結論就不能稱為記錄片。拍攝本身就是發現，揚棄口號和意識形態，才是拍攝記錄片的方法，同時也是此一表現方式得以豐饒之泉源。譬如有人在日本製作攻擊小泉首相的作品，就算暫時發洩觀眾心中的不滿，最多也只能說是創作者的自我滿足而已。真正的敵人，反而是允許、支持他那種人存在，隱藏在將近六成日本人內心裡的「小泉者流」；不直接攻擊病灶而只待在安全地帶，將膿包（小泉）當作攻擊對象，病症絕不會朝治癒方向發展。這就是我的看法。

以摩爾的前作《科倫拜校園事件》（Bowling For Columbine）為例，既描述了美國槍枝犯罪增加與國家侵略戰爭間的關連，同時又大力批評支持這種槍砲社會的美國國民，不就產生作品的論述深度了嗎？

在我看來，《華氏九一一》就未必懷有那種深度。

但反過來說，這部作品的製作，以及當今世界所面臨的狀況，或許對他來說都是緊急事件。這部電影本身是否優秀？到底是不是記錄片？這些應該都不是大問題（恐怕對他來說也是這樣）。更重要的是，電影裡那實實在在的憤怒打動了許多人的心。這不就夠了嗎？

但我還是感到不安。要是製作人都因為過於堅持原則而導致自閉，或許以比較健康的形態表明「憤怒」的工具——記錄片——會逐漸從我們的社會消失。那不是當權者最希望看到的嗎？現在的我，正帶著那樣不安的搖擺，深思著「憤怒」一物。

而我最感興趣的現實則是，一向專注於電影此一類型而創作不輟的評審團主席昆汀・塔倫提諾（Quentin Tarantino），為何會將最高榮譽金棕櫚獎，頒給認為電影「只不過是與世界對話的手段」的麥可・摩爾。

也許這可以解釋為，這個世界的病情，已經嚴重到電影不能再自閉於既有的類型；或者說，塔倫提諾透過這次影展，重新發現了世界與電影創作間的關係。

如果真是這樣，那麼，對他來說內心的變化才是豐富的「記錄片」體驗吧。發現這樣的解釋，讓我有著些許激動。

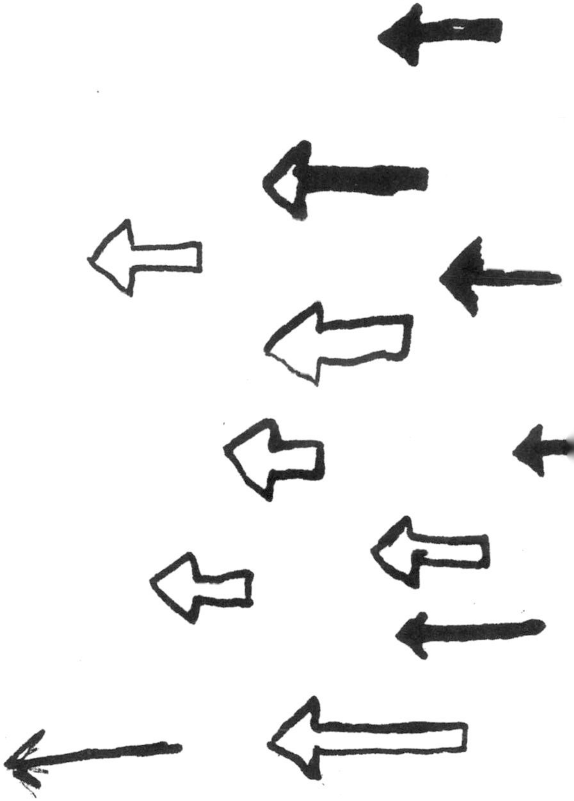

看不見與看得見

山下和美的漫畫作品《天才柳澤教授》裡，以蒙古為舞台的「美麗的狼」（第一二四回）特別令我印象深刻。教授的學生之一矢部耕一，有天帶著困惑的表情來到研究室，宣佈他「要做蒙古人」，並說：「文化以農耕為母，文明以都市為母，近代於焉成立。然而時至今日，『吾人的近代』已明顯面臨困境。我想全身、全靈來證明，太古以來與農耕及都市皆無緣的『遊牧』生活型態，是反轉這種困境的正途。」

教授聽了這些話，決定和他一起去蒙古，但曾留學日本、早他們一步回到蒙古首都烏蘭巴托的朋友賀南卻說：「矢部兄，遊牧是非常嚴酷而困難的生活方式，相對來說，在烏蘭巴托成為一個小小的富翁還比較簡單呢。日本人是不可能這樣生活的。」教授則回說：「哪有這種事，人類可以適應任何生活方式。不管怎樣，都先去看看再說。」

對定居一地的人來說，那些被稱為「移動民」、「漂泊民」的人們，是一群另有價值觀，以及宗教觀、技術、醫藥（有時則是疾病）、藝術的他人。透過與非定居民的接觸，定居民的文化雖然得以更趨成熟，但以同化、安定為目標的定居民當權者，那樣的存在乃是一種難以掌握的威脅。因此，隨著時間流逝，以定居化為名的迫害便加諸非定居民身上，讓族群內部服膺於同一種價值觀、平穩的日常（世間）生活之中，失去了批判自身社會的「外部」。對於內部來說，這應該是項重大的損失。

我認為，媒體（包括廣播）都應該立志成為遊牧民族，當即任務則是從外部持續批判內部，讓定居民的社會更加成熟。我相信，那才是媒體報導該有的立場。

生活在島國日本的居民團體，沒有機會經由接觸不同性質的人來使自己更趨成熟。由於四面環海，本應以海洋民為媒介對外部「開放」，但不知從何時起，海卻反而被認為是一種屏障，久而久之，「島國根性」也越來越嚴重。坦白說這是一種病態，從中產生了「日本為單一民族」、「萬世一系」，以及「中國人具有犯罪的遺傳因子」等困擾內外的幻想和妄言。更令人難以忍受的是，由於個體並不成熟，以致單一價值觀充滿整個團體（從外部看來只能稱為暴力），卻以「不批判」自居。這種傾向，強烈到讓人陷入已經獲得平靜的錯覺。我想，這就是今天日本社會的特徵。

所以，我希望媒體要擔負起對定居者、村落共同體持續發出警告，持續敦促覺醒的責任。都市文明之外，還有比都市廣大、無限伸展的草原。那裡才是世界，擁有與「社會群體」不同的價值觀；群體「內部」必須接觸大地、被風吹過，才能夠客觀地審視自己。視野狹窄、缺乏想像力的人，就只會以內部通用的語言，喃喃吶吶地說些「美麗的國家」之類囈語。

今天的日本及生活在日本的人們（不限於日本人），最不幸的是，原本應該駐守此一精神狀態外部的媒體，卻完全與內部的社群合而為一，迎合其價值觀，如同幫忙補強村落的外牆。媒體的責任，我認為應該是對國家的價值觀，與個人的價值觀秉持批判的立場，並製造與他者接觸的契機，促使兩者成熟（相對化）。但現實的情況卻是，媒體所在之處並非外部，而是與國家和個人重疊成同心圓的狀態，共同構築了島國根性的三重苦難。媒體變成政府的宣傳機構（調查顯示，越是常看電視的人支持自民黨的比例越高），原本應該以「第四權」身分監督警察權的行使，卻率先協助搜尋犯人，在司法之前實施社會性（輿論的）制裁。

這麼一來，圍繞在我們四周的，就只剩下不存在他人的「社群」。內部同志們一旦發現彼此之間的小小差異，就會立即排除異己，造成「霸凌」橫行。今天的學校正是如此世間的縮影，讓年輕學子幾近窒息。世界明明這麼開闊，卻用高牆遮蔽而不得見；事到如今，置身只會相互監視的輿論中，痛苦的人們可能逃離的手段，不就只剩自殺一途嗎？

電視必須播放的「看不見」，當然不是幽靈、守護神或前世，而是社群以外的開闊大草原（那裡也可以稱之為社會）。除此之外，媒體從事者更必須有所自覺的，在那片遠離社群的草原裡培養自己的價值觀，這一點尤其重要。

我關心的是精神領域，並不怎麼想批判從事媒體的人獲得很高的薪水，或只會建造從高處俯看庶民生活的公司大樓等（如果能夠擺脫社群的價值觀，建立信心，讓精神隨時能夠自在地在草原飛舞，怎麼樣的生活都可以過……）。

只要看得到精神所站立的草原，那麼，無論你面對的是對媒體施加壓力、下「命令」或恫嚇的權力者，或儼然普世價值的收視率壓力，未來的你都能以更堅決的態度來抵抗。我是遊牧民，立場和你不一樣，因為我認為存在本就是「相對的」，所以價值觀的不同便有其必然性，比如與其在都市成為「小小的富翁」，不如選擇「嚴苛、困難的生活方式」。當媒體（特別是廣播）認為那樣的生活「不可能」而棄之不顧時，就不再是媒體或公共財，而已墮落成「說客」，聚集在權力賦予的既得利益（電波）周圍。一旦如此，還有誰願意努力凝聚公共意識，為了少數人（獨有）的利益，將自己暴露在鏡頭前面呢？

在「美麗的狼」中，柳澤教授面對大草原說：「不管風從哪兒吹來，雲飄向何處，盡頭在哪兒，我都只有向前行。千山萬水綿綿不絕，就像被無數問題催趕一般。」

我很想站在教授所在的草原，用自己的眼睛看一看教授所見的草原。我希望看到曾經是「世界」居民卻失落無蹤的遊牧民，再度站立於草原的雄姿。當媒體願意以明確的輪廓，描述待在內部就無從看見的草原時，看得見的社群與看不見的世界一定會逆轉。

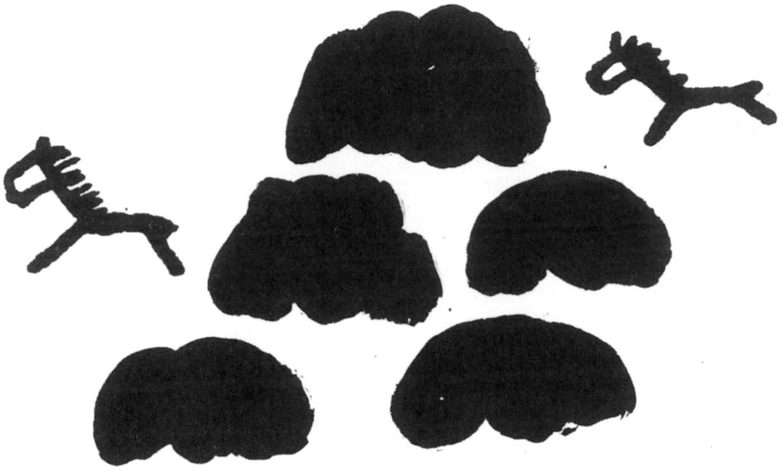

坎城歸來

才剛決定以電影《我的意外爸爸》參加二〇一三年坎城影展，冷不妨「獲獎競賽」、「挑戰高手」等看似勇武的標題，便醒目地刊登在網路新聞及報紙版面上。由於是影展，以分析勝算做為打賭的依據，因星星數目多寡而或喜或憂，都是遊戲的方式之一。但是，眼光短淺而只關心「競賽」的結果，恐怕是誤解了影展的本質。因為優勝劣敗這種直覺，其實與影展參加者的心情有相當大的距離。事實上，參與影展本身就是相當豐富而複雜的體驗。

坎城影展每年從全世界徵集近兩千部作品，其中獲選進入角逐大獎的還不到二十部。那麼，這十幾二十部作品是用什麼樣的基準選出？影展並非競技場，當然不可能從「預賽優勝者」當中，按照成績好壞的順序選出前二十名。

從影展主席提耶里．費里摩（Thierry Fremaux）的採訪或對談中判斷，他最重視

的是電影的「多樣性」。我認為，他是想透過入圍的二十部及「一種注視」的二十部——官方合計選出的四十部作品，描繪二〇一三年電影的世界地圖。

能夠參加世界最受矚目的影展，身為作品父親的導演，都有一種將細心養育的孩子，首次單獨放入世間浪濤的心情。對於孩子們的整體評價，主要來自五種不同的角度。

透過選片委員選出二十部，是第一項基準。第二項基準，往往就是以掌聲或噓聲的量來判斷一般觀眾的滿意度。再下來，是上映隔天所有的報社、雜誌上的專家評論，及星星多寡的圖表（就算是藝術性的評比吧）。然後再加上市場的評價（商品是否賣得出去）——哪裡的片商以多少金額買了哪一部電影，消息一在城裡傳開來，鈔票也就跟著到處飛舞；如果說有所謂「交戰」的場所，那無疑不是在紅地毯上，而是在這裡。最後是第五項，盛大的頒獎儀式，發表評審委員的決定後，影展也跟著閉幕。五種價值觀以彼此的存在意義和自豪對峙，互相嗆聲。任何評論都不是絕對的，甚至會有記者當場就對評審結果給予噓聲。

但我們也不能因此就說，那樣的態度不慎重、沒常識，因為大家都知道，唯有這樣多重的評論各唱其調，影展才是健全的，而且更能顯示豐富性與多樣性。作品和出品人在這種胡亂反射中左右逢源，偶爾憤怒、訝異，偶爾透過觀眾的感想和記者的詢問，體驗到本人意想不到的自己和作品的問題。對於傾向只有一個標準答案才會安心的日本人而言，剛接觸時，或許相當難以接受這樣的「混亂」。但是，等到終於渡過此起彼落的波濤後，作品與導演都會因紮實的淬鍊（變得強悍）而成長。

你認為作品是哪裡獲得肯定？（這也是日本媒體特有的問法）和以前的作品差別在哪裡？我就是這麼被一問再問。

電影《我的意外爸爸》所點出的問題是：聯繫父子的究竟是血緣，還是一起度過的時間？這樣的問話，對於領養情況非常普遍（比起日本）的歐洲人而言，我認為是親近而切實的。

然而自己畢竟不是只有這件作品，沒有入圍的前作、前前作，我都不想忘掉它們的存在。

例如《橫山家之味》（二〇〇八）或《奇蹟》（二〇一一）等過去的作品，不但都在歐洲各地的戲院上演過；《橫山家之味》以巴黎為首在法國各地上演，進場觀眾甚至多過日本。《奇蹟》在倫敦上映時，則是我的作品中最賣座的一部。像這樣默默地、確實地累積，一點一滴地將我作品中的世界觀滲入法國、英國的觀眾心中，所產生的影響，我自認為已經反映在《我的意外爸爸》參與坎城影展的結果上。

入圍二〇一三年坎城影展的日本作品有兩部，主要演員們也都來到當地，加上河瀨直美導演還獲任評審委員，所以比往年更受到日本媒體矚目。在這樣的情況下，如果最後與獎項無緣，恐怕很多日本媒體都會忽略作品入圍的價值，好像我們的體驗及感動完全沒有發生一樣，只會用「遺憾」來定調他們的報導。想到演員、劇組人員，一起接受觀眾長久的熱烈鼓掌如此被忽視，心裡就非常不是滋味。

所以，雖然獲得評審團大獎是件高興的事，但老實說只覺得鬆了口氣。當然了，如果被讚譽為「日本電影的壯舉」我也不會覺得噁心，但是，這次日本媒體的報導確實並未反映整體影展的氛圍。想到宣傳助理辛苦與電視台折衝，希望能多播放《我的意外爸爸》片段時，雖然我自己不方便多說，但不免還是覺得，至少應該多撥出一點時間，介紹獲得金棕櫚獎的作品和導演。這一點，就和報導奧運只注重日本選手獲得幾面獎牌一樣，令人不舒服。

即使與奧運同樣是賽事，影展會場卻不掛國旗，最大的差別就在這裡。國籍在電影世界究竟代表著什麼？「日本電影」到底是什麼？不辯自明的程度有多大呢？

獲得最佳劇本獎的中國導演賈樟柯作品《天注定》，監製是北野電影公司的市山尚三，但日本媒體在報導這次得獎結果時，卻很少有人提到，市山先生就是為賈導演的才華吸引，才從一開始就不斷支持他。

獲得金棕櫚獎的法國電影《阿黛兒的人生》（台譯：藍色是最溫暖的顏色），導演柯奇許（Abdellatif Kechiche）是突尼西亞出身，入圍作品《吉米．P》（台譯：平原上的吉米）則是戴普萊辛（Arnaud Desplechin）導演遠離祖國，在美國全程以英語拍攝的法國（出資）電影。獲得「一種注視」大獎的《消失的照片》（台譯：遺失的映像），導演里提・潘（Rithy Panh），是以赤柬在柬埔寨進行屠殺為主題的自傳性記錄片；這部作品，也是法國和柬埔寨合作拍攝的。

電影與導演的出身和語言的複雜牽連或斷絕，造就了現在如此豐富的電影。這些橫跨民族、地區和語言的得獎作品，正體現了提耶里所思考的現代社會「多樣性」。

無庸置疑，電影已經是一種世界語言，以多樣性為背景輕巧地掠過差異，讓身為電影國度的居民牽繫在一起，展現豐富的一面。在豐富的前提下，國籍、住址已失去意義。

雖然來得遲了一點，但在「酷日本」（Cool Japan）的號召下，政府也努力於輸出日本通俗文化。電影界當然也需要這方面的支持，問題只在於，要以怎樣的哲理來進行。

看到日本爭取奧運主辦權的活動，浮現心頭的是，我們本應思考如何推廣運動這項文化，卻將爭取舉辦奧運說成「今天我們需要奧運」，導致主客易位，變得矮化。我懇切希望對電影的支持不要再犯同樣的錯誤，也想知道：他們考量的日本電影裡，究竟是否包含《天注定》？如果包含的話，才稱得上是「酷」，如果只是單純想經由輸出電影來賺取外匯，我就不得不說，那樣的態度距離「酷」實在是太遠了。

無論初衷為何，我們能夠為電影文化做什麼？沒有抱著「為電影的多樣性有所貢獻」這樣價值觀，任何努力都不會受到世界電影人的尊敬，過程也不可能和現有的電影文化產生關聯。

不論為了什麼、為了誰，作品或導演所建立的血緣，都不同於一般人單純只靠出身決定。也不知幸或不幸，最不懷疑血緣連結的或許就是日本、日本的媒體，以及日本的電影。這是我參與坎城影展十二天來的所思所感。

安心與後悔

前些日子去了一趟根津美術館。

此行的目的，是拜會訪日的法國總統和文科大臣。預定的行程是在歡迎酒會上向總統致意一分鐘，和文科大臣則有十五分鐘的非正式茶會。文科大臣祝賀我在這次坎城影展獲獎，我當然也要回謝。雖然不太喜歡這類畢恭畢敬的場合，但如果時間允許，也不吝於表達感謝之意；我想，某種程度扮演「大人」應該無妨。

但是，在前往美術館的地鐵中，聽到「歐蘭德總統與安倍首相發表共同聲明」的新聞，心情卻突然沉重起來。新聞內容是「在開發核能相關技術確認合作關係，並加強推動核電輸出的合作」。我心想：「這怎麼可以？」決定對土耳其輸出核電設備，也讓我相當訝異——在核廢料問題還找不到解決之道下，到底能夠開發及輸出怎樣的技術呢？

好吧……，我當下就決定，一定要好好利用和法國總統說上話的那一分鐘（含翻譯時間，所以實質上只有三十秒），前半段表達我對坎城影展的謝意，後半段則請他「務必去福島看一看」。

抵達根津美術館是下午四點。

工作人員帶我進場，在有點像一樓大廳的地方等待總統。歐蘭德總統在掌聲中蒞臨會場後，談論的卻一直是「日本文化的優異性」。我的心思開始動搖，對了……這裡是「談論文化的場所」吧……在這種場所談論核電確實低俗啊……所以，在根津美術館公開請誰「到福島」也不太妥當吧。那應該是雙方發表共同聲明後的記者會上，新聞記者們才要說的話吧……，我的想法馬上消極起來（那不是我的工作啊）。

緊接著法國總統致詞的，（大概）是日本的一位內閣大臣，他以比喻的方式開場。「如果我被外星人挾持，被問到地球是什麼樣的星球時，我會回答說，地球上有兩個文化及科技都非常優秀的國家，那就是日本和法國。」

怎麼了？我的內心再度吶喊：「真是的……竟然大言不慚地發表這種言論……。」就好像福島沒有發生核災事故一樣，真的讓我非常震驚、憤怒。我決定一本初衷，還是利用那一分鐘呼籲總統「去福島看一看」。

然而，儘管知道有點冒失而帶著相當程度的覺悟，卻因為這位大臣的談話超出預定時間，他一講完歡迎酒會便立刻結束，我也失去了在大家前面談論福島的機會。

會場移往咖啡廳後，我就在心情還未平復下，與法國文科大臣私下會談。我除了對獲獎表示感謝外，還說坎城影展舉辦「與亞蘭德倫一起觀賞《陽光普照》」活動充滿對電影史的敬意，該企劃非常令人讚嘆。另外，對將來日、法共同製作電影等課題，我們也交換了意見。談話時，我意外發現坐在文科大臣（女性）旁邊的，正是當時的總統伴侶瓦萊麗．特里耶薇勒（Valérie Trierweiler）女士[29]，真是不可多

[29] 資深記者，當時為歐蘭德總統的女友，也是實質上的第一夫人；兩人目前已經分手。

得的機會。

「剛才日本的部長說，日、法是文化和科技表現傑出的國家，但也由於過度相信科技，才會發生福島核災事故。行程雖然緊湊，請務必和總統一起到福島看一看。」我想她認真地聽了我熱切所講的那些話。「不要忘記災難的現場很重要，所以這次的歌劇才決定換到東北地區上演；這樣的文化交流，希望今後也能夠持續下去。」她說。

由於是透過翻譯的對談，所以我無從得知，究竟我的發言有沒有準確轉達，對方理解到何種程度，是否被模糊了焦點。

即使對方不是總統，反正我已經傳達了自己的想法，除了多少感到心安，也消滅了無法在正式場合談到「福島」的懊喪，當然了……總算不必冒失觸及此一議題，也因此鬆了口氣……，我就這麼五味雜陳地離開了美術館。

第六章　悼念

關於村木良彥先生㉚

我選擇影視工作最大的機緣，源自學生時代遇到的村木良彥先生，以及他與共同設立電視人聯合會社（TV MAN UNION）的荻元晴彥、今野勉等所寫的《你不過是現在的你》。這本書仔細描述了電視工作者正向面對電視這個傳播媒體，深入探尋其可行性，以及電視與自己內部保守性鬥爭的情況。我想，那應該不僅是村木良彥的青春記錄，也是電視這種產物的青春記錄吧。

在還是大學生的我眼裡，村木先生一直是穩健、理性及優雅的化身，教我孺慕不已：「這就是成熟的男人嗎……」總之印象非常好。

不像電影那麼遷就導演的作者性格，正是電視的獨創性。如果電影是有樂譜的古

㉚村木良彥（一九三五～二〇〇八），媒體製作人。

典樂，電視就是經常即興演出的爵士樂。「與觀眾共有逐漸消逝的時間」，《你不過是現在的你》這本書確實這樣描述。在我踏出創作者的第一步，電視追求方法論的時代早已消失無蹤，不過，身為一位年輕後輩，我還是在反覆思辨村木先生那一輩的說法之後，身體力行地製作電視節目。當我的工作重心逐漸從電視移往電影，有一次，我還為了這件事情和村木先生交談過。

我一直認定村木先生是我的精神導師，所以真的很在意他對於我從電視到電影、從匿名性轉移到署名性的想法。他像平常一樣面帶微笑，親切地肯定我的轉變立場；不但每次看完作品必定稱讚我，最後還一定會說：「下次將拍出怎樣的作品啊……。」可說對我充滿期待。

突然間，真的是太突然了，不管是他的稱讚或請他觀賞我新作品的機會，都再也無法實現了。

同時，我也不知不覺地越過了他、他們寫《你不過是現在的你》的年齡。

「電視有什麼可能性？」——對村木良彥不斷質問的這個問題，我花費了二十年到底回答了多少呢……。一想到這個，內心便充滿了不安和愧疚。

拍攝《祝你平安：Cocco的無盡之旅》這部記錄片，歌手Cocco[31]結束談話，面對著觀眾說：「所以我唱歌。」意思是，面對自己能力有限，乃至無能為力的現實，或親密的友人死亡時……，自己唯一能做的事就是唱歌。「所以我唱歌。」她不是說：「可是我唱歌。」我想，這正是她堅強和精彩的地方。

為了多少回應無疑是我恩師的村木先生，我也只能和Cocco同樣，以堅定的語氣說：「所以我拍電影、做電視。」

[31] 本名真喜志智子，歌手、插畫家。

關於原田芳雄先生㉜

我之所以和原田先生一起工作，一開始是為了拍廣告，後來才央請他在我執導的電影《花之武者》（二〇〇六年）、《橫山家之味》（二〇〇八）及《奇蹟》（二〇一一）中演出。第一次觀看原田先生演出的電影是《暗殺龍馬》（一九七四），因此在我的印象中，原田先生是個非常粗獷的男人，但如果是在我的電影，就不會是大家印象中的「原田芳雄」了，因為我想請他在《橫山家之味》扮演比原田先生實際年齡更大的角色。不過，雖然扮演的是有點形容枯槁的爺爺，那時的原田先生仍舊活力十足，聲若洪鐘又目光銳利，所以他自己提出染白頭髮的建議。我想，他是非常用心地揣摩過如何演出自己還不自覺的「老態」。

電影中，自行開業的醫生恭平（原田芳雄飾）已經退休，步履蹣跚，家裡也不再

㉜原田芳雄（一九四〇～二〇一一），影視演員，電影代表作有《鬼火》、《大鹿村騷動記》等。

需要他了。曾經握有強大父權的他已經失去影響力，成為主角眼中落寞的身影……，我想以這樣的主軸來推動劇情。因為他在家族中已是個可有可無的存在，因此原田先生在拍攝現場說：「就想像和大家不太熟。」然後他也真的這麼做了。先前在《花之武者》的現場等待拍攝，年輕的演員們都會自然而然地聚集在原田先生周圍。因此，我想他會這麼做，是真的意識到他與劇中其他角色的距離。

就在讀劇本對詞時，發生了一件事。「最近在卡拉ＯＫ唱〈昴〉㉝這首演歌哦。」戲中的恭平，被樹木希林女士飾演的妻子這麼打斷話題。讀劇結束後，原田先生立刻說：「〈昴〉不是演歌吧。」他說得沒錯，於是到了正式演出，恭平便以小孩子的口氣回嘴道：「〈昴〉才不是演歌呢。」那是從原田先生的一句話而產生的台詞。我想，這樣一來更能突顯恭平個性怪異的一面。

另一個印象深刻的，是家人一起吃鰻魚，恭平從孫子的鰻魚肝湯中，夾走鰻肝吃起來的場景。我請他「先舔自己的筷子再夾鰻肝」，原田先生一聽就露出有點嫌惡的表現。以自己的美學來說他不會做那樣的事，但我覺得這個男人（恭平）會做，而且我認為這樣的矛盾很有趣。我想其他導演也許會把原田芳雄拍得很帥氣，但我想要的剛好相反，是帥氣不起來的原田先生。隨著年歲漸長，我本希望往後能夠請他扮演另一個不一樣的爺爺。七十歲甚至八十歲的原田先生會是什麼模樣，我想大家一定很感興趣。遺憾的是，這件事再也無法實現了。（金澤誠記錄、整理）

㉝谷村新司一九八〇年作品，經典名曲，傳唱至今。

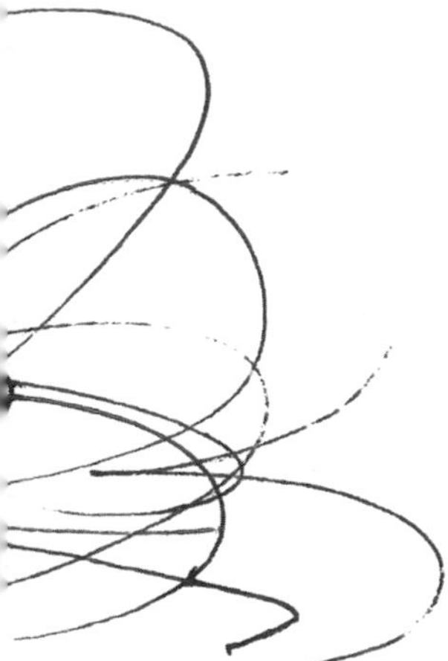

關於夏八木勳先生㉞

突然接到訃聞，內心充滿驚訝與哀傷。初次和夏八木勳先生共事，是在電影《我的意外爸爸》裡。雖然他只演出一個場面，但他所扮演的父親，卻是深刻影響劇中主角對父親看法的重要角色。

副導演兼重淳告訴我，夏八木先生比通告時間更早來到拍攝現場，坐在自己劇中所住的公寓窗邊等待。

「不必管我。」夏八木先生對持續準備的工作人員說，一邊確認自己的心情融入場景。直到實際開拍前，他都沒有離開窗邊。

前一年的秋天，他曾一度在電視劇《返鄉》（Going My Home）的拍攝現場病倒，也就是在那時，我才首次聽聞他的病情。

但是他親口對我說：「暫時不要讓合演的人知道吧，否則恐怕會影響對方的演出，這樣就太不好意思了。」於是，我們就在隱瞞實情下拍攝了他的戲份（擔任兒子角色的阿部寬似乎知道）。

《返鄉》的最後一集，主要是拍攝夏八木先生飾演的父親的出殯儀式。

夏八木先生好像看出我的猶豫不決（真要按照劇本來拍嗎），爽朗地笑著說：「可以做為很好的預備演練啊。」不但如此，他還親自躺在棺木中，演出畫面上並沒有特寫的那一幕。

儘管身體的情況不是很好，但在攝影現場對工作人員、一起演出者及在旁邊照料的家人，仍一如往日般體貼、客氣；那樣的身影，讓我印象非常深刻。

二〇一三年一月在澀谷一起吃飯，成為我和他最後的會面。

「拍攝途中倒下來，造成你們困擾了。」他說，深深地低頭一鞠躬。那個姿態，讓人感受到身為職業演員的強烈自覺。

㉞夏八木勳（一九三九～二〇一三），演員、配音員、歌手。

那時的他，健康狀況比起之前拍攝時好像恢復了不少，還愉快地談論下一部電影作品，讓我對突然的訃聞更感遺憾至極。身為影像相關工作者之一，能夠參與藝人夏八木先生最後的作品，深深感到驕傲。願他一路好走。

關於安田匡裕先生㉟

二〇〇九年三月八日那一天，我剛從美國亞歷桑那州梅莎（Mesa）影展回來，本想寫些在美國時的所見所聞，卻突然聽說了 Engine Film 株式會社的會長安田匡裕先生去世的消息。

衝擊之大，別說我再也沒有談論美國行的心情，甚至到今天都還不知如何是好。

我剛出道執導電影《幻之光》（一九九五），就開始和安田先生密切來往了，值得一提的是，他常常放話過來：「小是，吃飯去吧！」然後就是美食之旅——帶著我吃遍各地的美味料理。

更重要的是，電影《下一站，天國！》（After Life）以後，我的每一部作品，他不但提供資金，還從構想、選角到後製的整個過程，都給了我很大的支持和建議。

㉟安田匡裕（一九四八～二〇〇九），電影製作人、編導。

是位能夠一起大笑、一起沮喪的夥伴。

如果沒有安田先生，我和西川美和[36]兩個人恐怕都無法像今天這樣，以電影導演的身分持續推出作品。換言之，我們「兄妹」無庸置疑是安田先生的「孩子」。

安田先生不喜歡掛名製作人，經常把自己的角色（職務）設定為「企劃」，也不接受採訪，猶如堅持著某種美學般避免出風頭。

電影《無人知曉的夏日清晨》參加坎城影展，他也是以「放不下手邊的工作」為由沒有同行，頒獎典禮結束後才到，低調地在坎城郊區的小咖啡館祝賀我：「太棒了，小是！」他就是這樣的人。

電影只要一開鏡，他就會說：「我的工作已經結束了，琢磨劇本和選角是我最快樂的時候。」也因此他不太造訪攝影現場，即使來了也不久待。然而電影《下一站，天國！》拍攝時，他來探班打氣的隔天，新的咖啡機就出現在片場的角落。他這個人，就是這麼毫不做作。

我覺得，他是深怕自己的談話一不小心就顯得唐突，或唯恐周圍及片場因為他的身分而感到壓力。我想，他的言行舉止如此細膩，大概是與相米慎二[37]導演共事所塑造出來的風格。

行事低調的安田先生，去年夏天拍攝《橫山家之味》時，卻為什麼不時出現在東寶電影公司的攝影棚裡？我想那是因為，至交夏川結衣小姐及同年代的樹木希林女士，對他而言意義非凡吧。那一段時間裡，他非常輕鬆地享受身在拍片現場的樂趣，本文所附的照片就是我當時拍下來的。

西川導演今年（二〇〇九）推出的的新作《親愛的醫生》（Dear Doctor），請來主演的笑福亭鶴瓶老師[38]，是安田先生進入電影界——相米慎二導演的電影《歡迎

[36] 西川美和，電影導演、劇作家，自編自導作品有《蛇莓》、《動搖》等。
[37] 相米慎二（一九四八～二〇〇一），著名導演作品有《水手服與機關槍》、《颱風俱樂部》等。
[38] 笑福亭鶴瓶，落語（單口相聲）名家，演員、歌手、電視節目主持人。

來到東京上空》——以來，說是盟友亦不為過的「老相好」。

也因此，安田先生不知道在攝影現場度過了多少夜晚。

所以，等不到電影《親愛的醫生》上演的那一天，也等不到我的新作品完成就過世，實在是令人憾恨至極。

我彷彿活在二度失去父親的日子中。

告別式那一天，我和西川在火葬場並列送別安田先生，但至今還是無法接受他已經離去的事實……，願他好走。

辛苦了，安田先生，真的非常謝謝您！

電影《橫山家之味》拍攝現場的安田先生。（攝影・是枝）

鬍鬚

生平第一次觀看電視的記憶，說出來連自己都覺得不像是真的：客廳的縫紉機旁邊擺了四隻腳的黑白電視，播放的是一百公尺賽跑，跑得飛快的黑人以第一名抵達終點。或許是因為之前從未實際看過膚色不同的人，反而記憶非常深刻。

如果這個畫面是（一九六四年）東京奧運，那麼，跑者肯定是美國短跑名將柏布・海斯（Bob Hayes）。海斯在那次奧運的一百公尺準決賽中跑出九秒九的佳績，決賽時也以十秒整的成績奪得金牌。

也就是說，當時安靜地坐在父親盤坐的腿上看電視的我，才不過兩歲大。為何我還記得呢？因為父親長長的鬍渣就貼在專心看電視的我的臉頰，我是和那種觸感一起記住的。

父親真正愛看的電視節目是職棒轉播，能稱得上嗜好的也只有這個。小學時，父子倆曾經一起去後樂園球場，觀看過幾次巨人隊的比賽，但在我上了國中以後，兩人之間開始發生一些摩擦，最後連話都搭不上，當然就更不可能一起去看球賽了。後來和父親難得見上一面，而他總是問我這個長大後就對棒球比賽失去興趣的兒子說：「今年巨人隊的成績會怎樣啊？」我不但只會給他語焉不詳的回答，還盡可能避免和他獨處。父親去世後，每次回想起那時的情景都帶著悔意，覺得自己真是一個冷漠的兒子。

守靈那個晚上，弔唁的客人都回去了，我在安靜的寺院裡，陪著許久未曾單獨相處的父親。打開棺木上的小窗戶，看見嘴巴張開的父親好像在打鼾，心想這樣的容貌出現在告別式上實在不好，便將毛巾擰成一團、塞在他的顎下，手背碰到長長的鬍渣，當下便喚醒了三十年前的懷念記憶，我開始哭了起來，直到清晨都還淚流不止。

母親的背影

好像是將近五年前的事了，那天我和母親一起吃飯，地點是在新宿。「肉好小塊呢」、「很貴喔」母親邊吃邊抱怨，不過還是一口氣吃完她最愛的壽喜燒。

臨別時，她很開心似地邊揮著手說「那我走了」，邊向午後的新宿車站走過去。看著她的背影，我突然一股無來由的不安。「這不會是最後一起吃飯吧？」我怔怔地站在人行道上看著母親的背影，直到她消失在南口剪票閘的人群之中。遺憾的是，那個預感竟然成真，我也因為「沒有為她做過任何事」而悔恨不已，所以才有《橫山家之味》這部電影。不過，我強烈希望它是一部充滿陽光的電影，目的不在描寫母親邁向死亡的過程，而是擷取生命的一瞬，在那一瞬間試著將家族記憶中的陰影收藏起來。這就像最後目送母親的背影那樣──。

情節當然是虛構的，但我想拍一部一開演就讓觀眾想像「啊，母親就在那裡」的電影。而且我不想哭泣，盡可能帶著笑聲。

和母親一起笑開懷。

第六章　悼念

和母親合影，約兩歲時。

再會

書店配合攝影家川內倫子的新攝影集《Illuminance》出版，舉辦宣傳活動，邀請我們兩人對談。私下我都稱呼她為「光之作家」，所以這本可以譯為「亮度」的攝影集，可以說是她的領銜之作。

與川內女士初次見面是在二〇〇二年，目的是請她拍攝電影《無人知曉的夏日清晨》的劇照。之前一年，她才以攝影專輯《假寐》獲得木村伊兵衛獎，所以是她開始受到矚目後不久。《假寐》所描述的「日常」眼神，讓我對她捕捉纖細光線的本領一見鍾情，無論如何都要以她的眼光捕捉電影中的孩子們。

為了準備對談內容，我回頭瀏覽了她出道以來的每一部攝影集，其中有一本《Cui Cui》，記錄了川內女士自己家族十三年間的種種。攝影集以她在滋賀縣務農的娘家祖父母為中心，順著時間軸線，私密照片還羅列了圍繞周遭的雙親及親戚身影。

時間來到一半，故事中心的祖父突然去世了，因丈夫的死而困惑茫然的祖母，背影令人印象深刻。葬禮結束後，祖母孤單一人，但不久川內家的新生命降臨，家裡（照片中）又開始充滿了光。這時，作品打亂先前的時間軸線，已經去世的祖父再度登場。難道是作者這時透過相機觀景窗，突然想起生前的祖父嗎？還是感受到嬰兒旁邊祖父的存在（不在）？不管怎樣，原先的記錄瞬間變質為記憶，讓我感動到哭了起來。或許那是因為，我也曾在自己的孩子出生當下，回想起數年前去世的母親。照片中所描述的感情，當下也感染了我。作品隨著時間而變化，然後碰到變化了的我。「好久不見。請多指教！」

第七章　三月十一日，其後

笑容

二〇一一年三月十一日，在澀谷看電影《王者之聲》（The King's Speech），開演了三十分鐘，戲院便開始搖晃，而且是此生從未經驗過的劇烈與長久。很幸運攔到計程車，回家後，散落一地的書本還未放回書架，就打開電視，目睹了海嘯的畫面。與妻子去接上幼稚園的三歲女兒，已經在附近大學體育館避難的女兒，一看到我們就像平常一樣馬上跑了過來。

「告訴我，是誰搖的啊？」

我從四月一日起，以短短三天時間造訪了受災地，雖然也有攝影師同行取材，但僅是還不知道要在哪裡播出的自主創作。儘管自視為影像創作者，但震災都已過去兩週了，我也只能坐在電視機前一籌莫展；因此，促使我前往東北地區的，大概就是這種焦躁吧。在各地的受災者眼中，即使我的行為被歸納為一種自我滿足，我也無話可說。然而，我是多麼想將親眼所見，和那滿街的海水與塵埃混雜的強烈味道，銘刻在心後才回家啊！途中與同行採訪的通訊社記者一起拜訪石卷的一所中學，兩百位受災者生活起居的體育館，只有三台暖爐。把我當成義工的女人問我說：「有沒有襪子，男人穿的？」在種種不方便當中，只有孩子們照樣活潑地嬉鬧。孩子們對集體生活的興奮背後，隱藏著多少辛酸，我當然無法理解，但無疑地，他們的笑聲也寬慰了許多人。

回家打開玄關大門，女兒就像平常一樣站在那裡等我。「不是有人搖的啦。」她說，好像在教導我，提醒我。一定是幼稚園老師教她的。

「並不是有人去搖的是嗎？」我露出許久不見的笑容。

正義

蓋達組織領導者賓拉登被刺殺的新聞報導裡，美國各地民眾認定成功「報復」了九一一事件，就像節日慶典般大聲嚷嚷著愛國口號。

我卻認為，不管是哪一個人被殺，即使這個人窮凶極惡，為此而高興的行為——至少在別人面前——都應該自制。這種想法的根據是：固然有人喜歡為反對而反對，但即使八成的人認為某件事情是「正義」時，也不應該忘記傾聽另外那兩成少數人的聲音，這是我從事電視工作以來即抱持的態度。何況，世上並沒有所謂正確的戰爭或錯誤的戰爭，「戰爭本身即是罪惡」這個信念非常重要。我也聽說，有人主張戰爭並非放棄所有的政治手段，而是政治運作的一部分，但是，如果和平非要殺人才能換得，那麼報紙和電視都將失去其存在意義。媒體真正應該報導的是，即便最後仍相信尋求使用武力以外的解決之道，而且為此堅持到底的價值觀。這才是媒體對曾經煽動「正義之戰」，將正義與權力一體化，讓人類走上戰爭之路，所做出的反省，也是媒體理當擔負的角色與責任。

英國電影《王者之聲》，在克服口吃的「小」故事裡，融入國王為了讓國民認定他是一國之君而努力的「大」故事，是一部構思巧妙的電影。但是看過之後，我卻感到非常不舒服，「什麼嘛，不過是一個國王成功地把國民帶向『正義』之戰的故事罷了⋯⋯。」

如果由我來拍的話，電影主角就不會是國王，而是治療口吃的撰稿人；經由自己所寫的講稿，藉國王之口而驅使自己的孩子們參加「正義」的戰爭，然後受傷⋯⋯。雖然這種類似市井百姓在偉大的正義與卑微的（身為父親的）痛苦之間，搖擺不定的劇情，恐怕無法獲得奧斯卡金像獎，但或許會獲得兩成觀眾的支持⋯⋯。這是我在日本憲法紀念日那天想到的事。

故事化

五月二十一日為了宣傳電影新作《奇蹟》訪問仙台時。我強求助理騰出時間，好讓我再訪石卷與女川這兩個災區。上次來是四月二日，也就是說已經過了一個半月，清除街頭瓦礫的工作已見成效，電線桿歸電線桿、車子歸車子，分門別類後，堆積如山。市內地面因地震而下陷，開車經過發現到處都是積水，印象中與其說是「復興」，不如說是漸漸找到「復舊」作業的頭緒。

女川是個徹底遭到破壞的受災地，但由於市內瓦礫逐漸清除，整地工作也已完成，可以從高地一眼看到港口，但我還是只能呆然木立。上次及這次都帶著相機，但只能拍些風景，實在提不起勇氣（？）對著人們拍照或問話；然而，這絕不是什麼根據倫理觀所做的判斷。

對於媒體記者，能在受災地一邊為災情感到難過，卻仍一邊拍攝、手握麥克風報導，我感到很佩服。完全不同於他們，無論是上次或這次，我都不是因為想幫助受災戶而去的。一踏上現場就心知肚明，我是為自己而去的，大概是想親自用眼睛見證吧。

「不把它拍成作品嗎？」被這麼問了很多次的我，只能說：「還沒考慮。」一邊心想「拍攝的內容要拿來做什麼」、「可以做什麼呢……」。

十幾二十年後，也許我會對女兒或她的朋友，述說這雙眼睛所看到的景象、鼻子所聞到的氣味吧，但是，眼下要以製作作品為前提站在受災地這件事，總是令人感到躊躇。真要這樣，就必須進一步在那裡尋找可以描述的故事，但我恐怕不太喜歡。將這片風景，以及茫然站立在那些景象中的人們「故事化」，拍成影片，我認為時間還太早。在那些彷彿堅拒被故事化的巨大毀壞之前，我想我應該再茫然站立一段時間。就這麼，帶著痛感自己並非合格報導者的心情回到了東京。

困惑

六月八日再到災區，造訪福島縣的相馬高中。這回是因為，五月在福島舉辦公益上映活動時，觀賞了《奇蹟》的廣播社顧問告訴我，他的學生以核能發電及震災為題製作了專輯，希望我能夠對他們說些鼓勵的話。對於到受災地取材製作節目這件事，既然一直心存疑慮，不妨就把這個建議當作上天的安排。「那就直接去看看他們的作品吧。」這次的訪問，便是這麼促成的。先搭新幹線到仙台，再乘車沿著海邊高速公路南下。抵達相馬前的一個小時車程中，沿途所見都是瓦礫堆成的山丘，讓人無法不想通往復興或「復舊」的道路有多艱難。

六個小時的停留轉眼就過去了，除了和學生對談外，一半時間都在閒聊（譬如談AKB48），心情非常愉快。曾經連續獲得全國性大賽獎項的相馬高中廣播社，現在只有兩位會員，不過，這次除了他們，同一縣內因校舍無法使用，而借用相馬高中教室的原町高中廣播社學生，也前來參與對談。

我看到的影片，其實只製作到一半。影片想描述的，是因震災影響而消失的學生笑容，逐漸重回教室的經過；採訪對象包括不得不在公民館，過著不便的共同生活的學生，以及照顧他們的老師。當事者的困惑及苦惱，超越了製作技術層面，恰如其分地傳達了出來；但我還是發現，作品中有些地方好像無視於先前的脈絡，硬是導向「牽絆」及「笑容」的結論，這一點，恐怕是受到電視上那些專業大人所製作的節目的不良影響。這也反映出，即使面對空前的震災，照樣用刻板角度和老舊手法，處理各種不同議題的節目何其多。

「儘管自我懷疑也無所謂哦。」我向他們傳達的這句話，或許也是說給自己所屬的專業世界聽。

躊躇

這個標題，很像鄧麗君的歌曲……。

才剛結束大阪的宣傳活動，一回到東京就看到，為了警告這個夏天電力不足（？）而製作的電視新聞，利用誇大其辭的音效，播放廉價的模擬現場影片。雖然還得參加一些劇場的學術研討會，但一連三個月的宣傳活動總算告一段落，可以和電影《奇蹟》的宣傳之旅分道揚鑣了。從今而後，電影就像飛離我身邊的蒲公英種子，未來就等著在落地的場所扎根開花即可，心頭不免有些悵惘。通常這時候的我，已經開始思考「接下來」要拍什麼，但這次卻不一樣，理由仍然是震災。

「當了父親以後，描寫孩子的手法會改變吧？」看過電影《奇蹟》的人接二連三問我這個問題。老實說，我一點也沒有這種自覺。六年前母親過世後，曾經心想「啊……再也不是誰的兒子了」的那個自己，三年後成為父親，世界觀（雖然沒那麼偉大）確實改變了。如果電影會反映導演的人類觀和世界觀，當然我的變化就會改變作品；從這個角度來看，這次的大震災不可能不促成我的改變。

如果要我區分藝術總監和導演，我會說：全面掌控演員表演的是藝術總監，導演負責的則是捕捉人類生活所處的世界百態。這也是我非常個人的解釋。

有人將大震災的經驗比喻為戰敗，看過那瓦礫堆積如山的我，相信這種說法絕非誇大其辭。

三月十一日前後，展現在我眼前——也包括過去——的世界的意義，便起了很大的轉變。對這種變化深感困惑，和以作品形式描述這種變化的躊躇，就好像投入水裡的石頭太大，波紋因而一時難以靜止的情況。如果我的職位是藝術總監，那就必須盡快與演員們一起投入工作；但如果我是導演，便必須再多凝視那些波紋一段時間。現在的我，正被這兩種想法不斷拉扯著。

忘記

今天早上日本又發生搖晃相當久的地震，震央在三陸外海，地震規模七・三，也觀測到大震災以來的首次海嘯。

本來新電影的宣傳已告一段落，應該開始準備下一個工作了，就我個人而言，有種好像又回到了「日常」的錯覺，但今天的地震彷彿對我發出警告：「千萬不要忘記。」「再也無法回到『日常』了。」在受災地復興緩慢，復舊也停滯不前的狀況下，鼠輩已然現形，利用卑劣手法「結論先行」地妄想再度啟動核能發電。難道耐性測試那麼簡單就可結束了？只有沒經歷過這次地震的「前人類」才說得出這種話，所以他們已非「人類」。難怪儘管出現那麼多的「歸宅難民」，首都知事也只會辱罵將人們趕出車站的鐵路公司，而在說明對策及自己的責任前，更只會訴求爭取二〇二〇東京奧運來表現大家的活力。對於必須在這樣的環境下養育孩子，甚感不安的災民聲音，他的兒子卻稱之為「集體歇斯底里」，似乎全都在說：「趕快忘掉吧！」

不管住在日本什麼地方，四個月前所經歷的，都是我們一直以來忽視、漠不關心的結果；也因此，必須重新究其根本，並審視這樣心態下全力推動的文明。即使站在百廢待興的災區，我還是看不起「經濟」比「未來」及「安全」更優先的價值觀。事情從來沒有那麼複雜，水庫或道路的建設並不是為了改善該地區人們的生活，而是相信即使浪費龐大的預算，只要有建設就可以活絡經濟。核能發電也不例外，都是在同樣的信念下不斷複製那種價值觀而已。此外，一般人會被蒙蔽的最大原因之一，就是報紙及電視等媒體很快就轉向遺忘一途，因為大多數媒體都是既得利益者，寧可採取視而不見的態度。

人類之所以為人類，正因為除了成功，還會記住失敗，從而積澱為一種成熟的文化。不記取教訓而急著忘記，就等於要人類變成動物，是政客及媒體所擁有的，最強大且最低級的暴力。

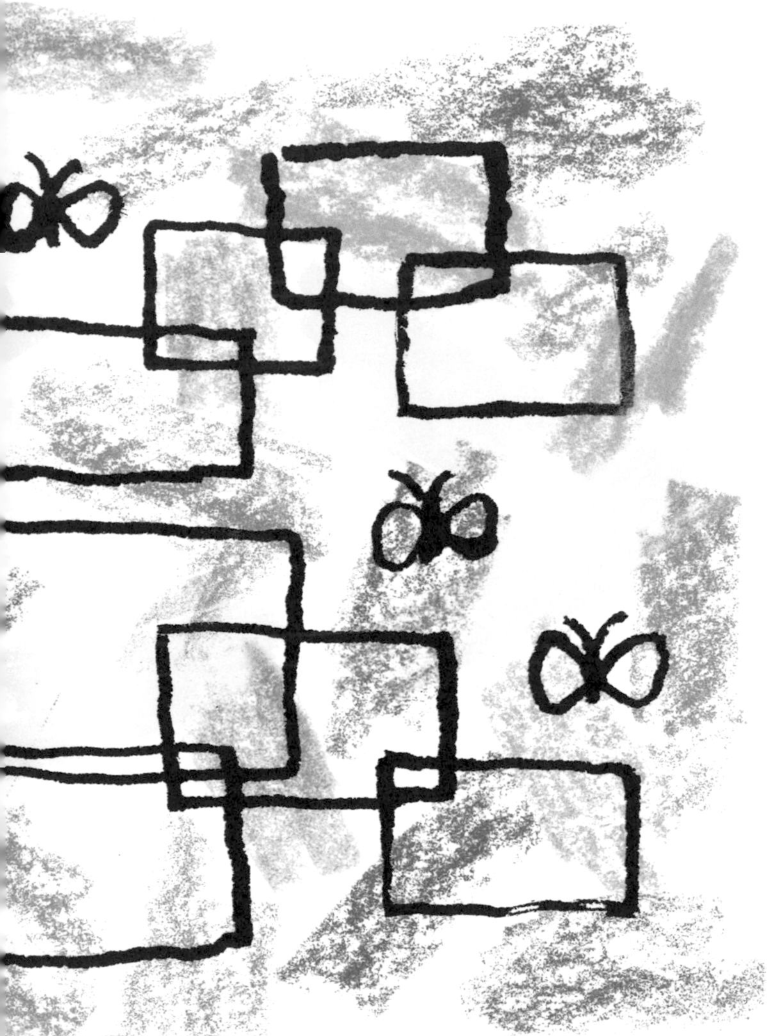

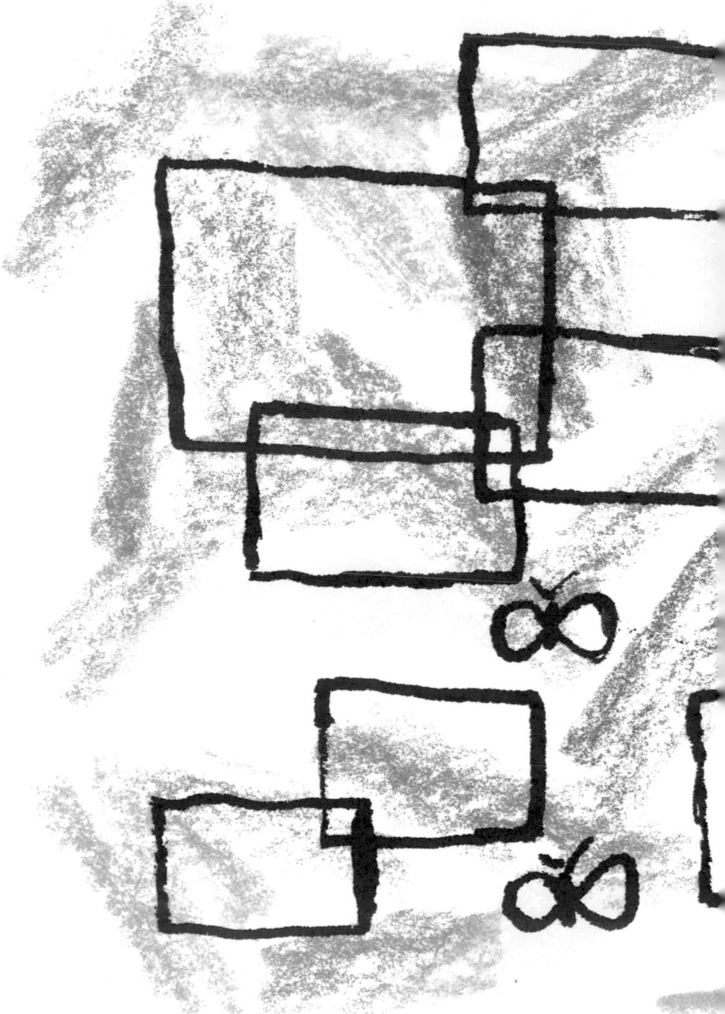

ART 24

宛如走路的速度——我的日常、創作與世界

文／是枝裕和
圖／大塚一夫
譯／李文祺

責任編輯　張瑜珊、郭純靜
行　　銷　陳詩韻
總 編 輯　賴淑玲
出 版 者　大家／遠足文化事業股份有限公司
發　　行　遠足文化事業股份有限公司（讀書共和國出版集團）
地址：231新北市新店區民權路108-3號8樓
電話：（02）2218-1417
傳真：（02）8667-1851
郵撥帳號：19504465遠足文化事業股份有限公司
法律顧問　華洋法律事務所　蘇文生律師
印　　製　中原造像股份有限公司
二版1刷　2020年5月
二版4刷　2023年9月
定　　價　350元
ISBN　978-957-9542-94-4

國家圖書館出版品預行編目（CIP）資料

宛如走路的速度：我的日常、創作與世界 / 是枝裕和文；李文祺譯. -- 二版. -- 新北市：大家出版：遠足發行, 2020.05
236 面；14.8 x 21公分. --（ART；24）
ISBN 978-957-9542-94-4（平裝）
861.67 109005406

讀者回函 大家 FB